Cornelia Dörsch

Himmelssterne und Holundermarmelade

Roman

Cornelia Dörsch

Himmelssterne

und

Holunderblüten-
marmelade

Bibliografische Information der Deutschen Nationalbibliothek. Die deutsche Nationalbibliothek verzeichnet diese Publikation in der deutschen Nationalbibliografie, detaillierte bibliografische Daten sind im Internet über dnb.dnb.de abrufbar.

2022 Cornelia Dörsch

Herstellung und Verlag: BoD – Books on Demand, Norderstedt

Graphik und Design: Jonatan Volker

ISBN 978-3-7562-1616-1

Für Charlie, Walter, Harry, Röschen und alle anderen, die einen Stern haben wollen.

PROLOG

Ich, Dora, sah einen weiten Raum, einen unendlich weiten Raum. Ein Universum von nicht messbarer, ungeahnter Größe. Alles was dort war, hatte seinen Platz, in einer Ordnung festgelegt. Niemand zweifelte diese Ordnung an, sie war geschaffen von dem, der Alles geschaffen hatte. Ich sah auch einen Flugkörper gleiten. Langsam zog er an mir vorbei. An ihm war ein weithin sichtbares Spruchband befestigt. Das Band bestand aus einem Material, das auf der Erde nicht bekannt ist. Es leuchtete und funkelte so sehr, dass es mir fast den Atem verschlug. Ich las, was darauf geschrieben war. In großen Buchstaben stand dort „Jesus". Überall, wo der Flugkörper vorbeizog, erhoben sich Wesen, die ich zuvor nicht gesehen hatte. Sie fingen laut zu jubeln an. Es herrschte große Freude. Viele Stimmen riefen den Namen „Jesus" aus und ehrten ihn. Der ganze Raum war erfüllt davon.

Dann wurde mein Blick auf die Erde gelenkt. Ich sah sie, umhüllt von Finsternis, in eine trostlose Atmosphäre eingeschlossen. Ich wurde sehr betroffen von der

Erkenntnis, dass diese Freude hier, für die Menschen der Erde nicht zugänglich war.

Diese Sicht dauerte nur kurze Zeit an. Gleich darauf wurde meine Aufmerksamkeit von etwas Neuem eingefangen. Ich spürte sanfte Vibrationen um mich herum, ausgehend von einem Ton, der durch den Raum schwang. Ich denke er wurde von einem Geigenstrich erzeugt. Auf eigenartige Weise drang dieser Ton in mein Herz und es wurde davon berührt. Ich fühlte, wie etwas in mir, das bis dahin starr und unbeweglich war, in Bewegung gesetzt wurde. So etwas hatte ich noch nie erlebt. Es war schön und Sehnsucht nach mehr davon entstand noch während dieser Berührung in mir. Zu dem einzelnen Geigenton fügte sich ein zweiter Ton eines anderen Instrumentes. Danach kamen mehr und immer mehr Instrumente dazu und eine gewaltige Melodie erhob sich. Sie schwoll an und durchzog allen Raum. Ich war durchdrungen und umgeben davon. Es fühlte sich an, als ob es nie etwas anderes gegeben hätte und nie etwas anderes geben würde. Frieden begann mich zu erfüllen und ich weinte. Ich hätte nicht sagen können, warum. Mein Herz war so erfüllt von dieser Musik, dieser alles durchdringenden, alles umfassender Musik. Sie nahm mich mit in ein Gefühl der Annahme und Gemeinschaft, die ich nicht beschreiben kann. Ich wusste mich verbunden mit den vielen anderen Wesen, die ebenfalls Teil dieses Geschehens waren. Sie streckten sich aus nach dem einen, der diese Musik geschaffen hatte und dem sie galt. Liebe, unwahrscheinlich gewaltige, große Liebe erfüllte uns alle.

Dann wurde mein Fokus geändert und zurück auf die dunkle Erde gelenkt. Mein Blick war jetzt schärfer als vorher und ich sah einzelne Menschen, die ein Licht in sich trugen. Sie leuchteten in ähnlicher Weise wie das Schriftband und waren mit dieser Musik und Liebe hier verbunden. Ich sah auch andere Menschen. Menschen voller Verlangen, getrieben von der Ahnung dieser Liebe. Sie suchten danach, wo und wie auch immer sie das taten, sie suchten. Plötzlich spürte ich eine Sehnsucht, die sicherlich nicht aus mir selbst kam. Es war ein Hineinnehmen in eine Sehnsucht eines anderen. Jemand, der die Verlorenheit der Menschen beenden wollte. Jemand, der sie in diese Gemeinschaft, die ich eben erlebt hatte, bergen wollte.

Ein Lachen erklang und stimmte mich froh. Ich hielt Ausschau nach dem, von dem dieses Lachen kam. Eine

9

ausgestreckte Hand erschien vor mir. In ihr lag ein Stern. Funkelnd und schön. Mir wurde erklärt, dass dieser Stern für einen bestimmten Menschen auf der Erde gedacht und gemacht war. Mit ihm sollte eine Botschaft an diesen Menschen gebracht werden. Er sollte wissen, dass es große Liebe gibt, die auch für ihn bereit ist.

Dann wurde ich aufgefordert, mein Obergewand aufzuheben. Ich ergriff mit jeder Hand eine Ecke und bildete so eine Art Tasche. Der Stern wurde hineingelegt. Mit meinem ausgebreiteten Kleid stand ich dort und blickte nach oben. Helle Punkte, die in meine Richtung flogen, waren nun deutlich zu erkennen. Als sie näherkamen, sah ich, dass es ebenfalls Sterne waren. Sie fielen in meine Kleidertasche und bildeten dort einen großen Haufen. Ich wurde gefragt, ob ich bereit wäre, diese Botschaften des Himmels zu den Menschen zu bringen. Und ich, Dora, sagte Ja.

Holunderblütenmarmelade riecht betörend

Plopp, macht der Deckel, als Charlie ihn vom Marmeladenglas abhebt. Würzig-herber Duft verbreitet sich. Charlie schließt ihre Augen und atmet ihn ein. Langsam und genussvoll. „Sie ist richtig. Genau richtig ist sie geworden", murmelte sie vor sich hin. „So muss Holunderblütenmarmelade riechen. Das habe ich gut hinbekommen. Köstlich!"

Sie denkt an ihre Oma, die Marmelade kochen konnte wie keine andere. All die leckeren Rezepte sind in ihren Besitz über gegangen. Charlie freut sich über das gelungene Ergebnis.

„Mit der hier wird mein „Charlie Spezial" perfekt sein."

„Charlie Spezial", muss man wissen, ist das Markenzeichen von Charlies Café. Wer in ihr Café kommt und ein „Charlie Spezial" bestellt, bekommt Marmeladenbrot mit selbstgemachter Marmelade und heißer Schokolade mit Sahnehäubchen serviert.

Leidenschaftlich gern kocht Charlie nach der Vorlage

von Omas Rezeptbuch alle möglichen Marmeladensorten. Danach kostet sie diese in reichlicher Menge erstmal selbst, denn sie will sich sicher sein, dass ihre Gäste nur das Beste vorgesetzt bekommen. Die Auswirkungen auf ihren Körperumfang lassen sich nicht übersehen. Aber das stellt für Charlie kein Problem dar, denn sie steht zu ihrer Figur.

Lange hat sie von einem eigenen Café wie dies eines ist, geträumt. Nun ist es Wirklichkeit geworden. „Oma", sinniert sie, „du solltest mich sehen, du wärst stolz auf mich".

Auch wenn man es kaum glauben will, die eigenwillige Kreation „Charlie Spezial" kommt bei ihren Gästen gut an. Möglicherweise gehen diese in andere Lokale, wenn ihnen nach kulinarischer Abwechslung zumute ist. Aber hier, in Charlies gemütlichem Café, genießen sie das nostalgische Flair, das untrennbar mit leckerem Marmeladenbrot verbunden ist.

Holunderblütenmarmelade ist eine der Besten, findet Charlie und ist gespannt, was ihre Gäste dazu sagen. Sie liebt es, wenn diese genussvoll ihre Brote vertilgen.

Ihr Lokal läuft gut, wie man so sagt, auch wenn ihre Speisekarte eher übersichtlich ist. Aber Restaurants mit gehobener Küche machen das auch so, das weiß sie. Charlie ist eigenwillig genug, ihre eigene Version von einem Café zu gestalten. Deswegen gibt es bei ihr Phasen, also das sind längere Phasen, in denen sie in ihrer Zauberküche ausschließlich „Charlie Spezial" zubereitet. Nun ja, dafür hat sie eine reiche Auswahl an verschiedenen Kakaosorten. Aktuell ist „Weißer Kakao" der Renner.

Sie schaut auf die Wanduhr über ihrem Tresen. Kurz vor 15.00 Uhr ist es schon, denkt sie, gleich kommt Walter. Er ist ihr treuester Stammgast und eröffnet fast täglich den Cafébetrieb. „Im Prinzip brauche ich keine Uhr, schmunzelt Charlie, ich habe ihn." Sie stellt das Marmeladenglas auf ihre Arbeitsfläche, schaut erwartungsvoll zur Türe und wird nicht enttäuscht.

„Moin."

Charlie zieht eine Augenbraue hoch und überlegt sich, wann Walter ins Bett geht. Wer um diese Uhrzeit mit „moin" grüßt, steht nicht im Morgengrauen auf. Freundlich erwidert sie seinen Gruß.

„Moin"

Ihrem aufmerksamen Auge entgeht nicht, dass sein Bein wieder schmerzt. Sie erkennt das an seinem mühsamen Gang. „Er wird immer dünner," stellt sie ein wenig besorgt fest. Walter peilt seinen Stammplatz an und nimmt unterwegs die Gitarre vom Haken. Die hängt dort für jeden, der spielen kann und will.

„Heute mal „Charlie Spezial", den Kakao bitte mit Zimtgeschmack, Charlie," sagt er und wirft seine Jacke auf einen freien Stuhl. Vorsichtig lässt er sich nieder und beginnt auf den Saiten zu zupfen.

Charlie macht sich an die Arbeit und kocht echten Kakao, also nicht so einen Instant Kakao, der nur mit Wasser aufgegossen wird. Bedächtig streicht sie ein Holunderblütenmarmeladenbrot und lauscht der Musik, die Walter aus dem Instrument lockt. Nachdem er eine Weile gespielt hat, lehnt er sich auf seinem Holzstuhl zurück und fragt versonnen:

„Du Charlie?"

„Ja, Walter?"

Charlie wischt die Krümel von ihrer Arbeitsfläche.

„Wo kommen wir eigentlich her?"

Charlie vermutet, dass Walter nicht nur spät zu Bett gegangen ist, sondern auch noch schlecht geschlafen hat. Ach Walter, denkt sie und legt sorgsam das Marmeladenbrot auf einen Teller. Den Kakao hat sie auch schon fertiggekocht. Sie stellt alles auf ein Tablett.

„Von zuhause?" rät sie.

Geduldig schüttelt Walter seinen Kopf.

„Nein, ich meine, wo kommen wir her? Gab es mich schon, bevor ich Walter wurde? Gibt es jemand, der mich gemacht hat oder bin ich ein zufälliger Mix aus den Genen meiner Vorfahren?"

Charlie serviert ihm die Spezialität des Hauses. Der Holunderduft steigt in ihre Nase, was sie freundlich stimmt. Trotzdem weiß sie darauf nichts zu sagen, so kommentiert sie seine Frage nur knapp.

„Mmh."

Eine nette Melodie war das gerade, vielleicht spielt er sie noch einmal. Das wäre mir lieber als anstrengende Gespräche zu führen, denkt sie.

„Du Charlie? Wenn wir irgendwo herkommen, dann gehen wir vielleicht auch irgendwohin?"

Charlie eilt hinter ihre Theke, ihr ist nicht nach tiefschürfenden Themen zumute. Mann o Mann, heute scheint ihm sein Bein ordentlich zu zuzusetzen, vermutet sie, denn in diesem Fall wird Walter philosophisch. An seinem Blick erkennt sie, dass er auf eine Antwort wartet. Dieser Walter!

„Keine Ahnung, wir sind jedenfalls da. Momentan wenigstens. Schmeckt's dir?"

Walter kann mit Charlies Antwort nicht viel anfangen. Er hat aber nicht ernsthaft mit einer Diskussion gerechnet. So schließt er seine Augen und vertieft sich wieder in seine Melodie.

„Gut so" denkt Charlie und freut sich darüber, während sie versonnen ihre Theke putzt. Ganz aufgegeben hat Walter die Hoffnung auf ein weiterführendes Gespräch mit Charlie noch nicht. Er versucht es noch einmal.

„Charlie?"

„Ja, Walter?"

„Hast du dir noch nie überlegt, warum wir eventuell irgendwo herkommen, hier sind, vielleicht wo hingehen."

„Walter, heute gibt es selbstgemachte Holunderblütenmarmelade. Dafür bin ich mit dem Fahrrad losgefahren und habe die Blüten gesammelt. Eigenhändig. Du verspeist also gerade eine kostbare Rarität."

„Ah ja, Holunderblütenmarmelade. Sehr, sehr lecker", gibt Walter zu, „aber trotzdem."

„Magst du nun probieren?"

„Was soll ich denn probieren?"

„Tut dir vielleicht außer deinem Bein noch etwas anderes weh? Du sitzt in meinem Café."

Brav beißt Walter ein Stück von seinem Brot ab. Es scheint ihm gut zu schmecken, denn seine Gesichtszüge entspannen sich.

Charlie beobachtet ihn und ist befriedigt, dass er das Marmeladenbrot offensichtlich genießt.

„Kann ich dir sonst noch etwas bringen?"

„Ein Glas Wasser und ein neues Bein, bitte."

Charlie verdreht die Augen. Walter! Meine Nerven, denkt sie … ich sollte darüber nachdenken, ein zweites Standbein aufzubauen, bevor ich hier zum Sozialarbeiter werde. Zum Beispiel könnte ich mit meinen Marmeladen zu Wettbewerben gehen. Ja, das könnte ich. Ich würde gewinnen, sie sind nämlich besonders gut. Oder ein Rezeptbuch herausgeben. Genau. Das werde ich mal näher ins Auge fassen. Gegen eine neue Herausforderung hätte ich nichts einzuwenden. Außerdem würde mir das einen Heidenspaß machen. Naja, gut, gut … ich denke ja nur über Möglichkeiten nach, die mich unabhängig von meinem Café machen. Nur für den Fall, dass mir die

Arbeit hier zu stressig wird. Ach Blödsinn, weiß Charlie, ich liebe meine Arbeit und mag meine Gäste.

„Schmeckt es?"

Walter verspeist sein Marmeladenbrot und fühlt sich hier, bei der pragmatischen Wirtin ein ganz klein wenig zuhause. Sein Bein schmerzt höllisch, aber das tut es die ganze Zeit. Ablenkung ist eine seiner Überlebensstrategien. Jeden Nachmittag entflieht er seinem Zuhause, wo niemand auf ihn wartet, niemand seine ernstgemeinten und nicht ernstgemeinten Fragen über sich ergehen lässt und gelegentlich darauf antwortet. Dann geht er in Charlies gemütliches Café.

Charlie bringt ihm das gewünschte Glas Wasser.

„Was ist denn mit deinem Bein passiert?"

Sie bekommt keine Antwort, denn Walter spricht nicht mit vollem Mund. Weil sie aber trotzdem eine Antwort will, bleibt sie stehen und wartet. Geduldig schaut sie zu, wie er hastig den Bissen hinunterschluckt.

„Sehr fein, die Holunderblütenmarmelade. Gelungenes Ergebnis," lobt Walter sie. Charlie freut sich darüber, lässt aber nicht locker.

„Danke, freut mich zu hören. Was ist denn nun mit deinem Bein?"

Walter will jetzt eigentlich nicht reden. Nicht darüber. Er will lieber leckeres Marmeladenbrot essen und danach Gitarre spielen. Sie geht nicht weg. Sie wartet. Beharrlich. Ihm ist klar, dass er ihr nicht ausweichen können wird. Er seufzt ein wenig, gibt sich einen Ruck und tut ihr den Gefallen.

„Es war ein Unfall. Ich hatte einen Unfall."

Walter denkt nicht gerne an diesen Unfall und würde ihn lieber vergessen. Das gelingt ihm leider nicht sehr gut, denn er ist täglich mit seinen Folgen konfrontiert. Sie sieht mein Bein, denkt er. Ich hinke. Das ist offensichtlich. Was sie nicht sieht, ist der Rattenschwanz, den das nach sich zog. Alles ist kaputt gegangen. Einfach alles. Das geht sie auch nichts an. Ein bitterer Zug legt sich um seine Lippen.

„Schmeckt hervorragend."

Charlie hätte gerne mehr darüber erfahren. Sie bleibt neben Walter stehen und hofft, dass er noch mehr erzählt. Dieser hat aber nicht einmal ansatzweise Lust, ihr hier entgegenzukommen.

„Gott, hilf mir, lenke sie ab", stöhnt er lautlos.

Tatsächlich können sich Stoßgebete manchmal so anhören. Eigentlich nimmt Walter Gebete nicht sehr ernst. Genauer gesagt, er betet nie. Deswegen ist er angenehm überrascht, dass dieses hier wohl gerade erhört worden ist. Die Türe geht auf und die „Ablenkung" betritt die Räumlichkeit. Sie heißt Harry und steuert direkt auf die Seite hinter dem Tresen zu. Er ist ebenfalls ein Stammgast von Charlie. Gelegentlich hat er ihr auch schon geholfen, schwere Getränkekisten zu tragen oder andere Gefälligkeiten für sie erledigt. Er ist ein hilfsbereiter Mensch und ein Träumer noch dazu. Charlie hat schon die Erfahrung gemacht, dass sie ihn zwei- oder dreimal ansprechen musste, um seine Aufmerksamkeit zu bekommen. Im Moment befürchtet sie, dass er sich gleich an der Kaffeemaschine zu schaffen macht, denn er befindet sich auf der falschen Seite der Theke. Er kommt aber nicht sehr weit, weil Charlie ihr Revier verteidigt. Einen kurzen Augenblick ist sie sprachlos über solch eine Dreistigkeit. Dann vertreibt sie den gerngesehenen Gast.

„Hallo, Harry, du bist auf der falschen Seite!"

Harry taucht erstaunt aus tiefer gedanklicher Versunkenheit auf.

„Entschuldigung."

Versöhnlich schiebt Charlie ihn in Richtung Gästebereich. Belustigt beobachtet Walter die Beiden.

Während Harry Platz nimmt, greift Walter die Gitarre auf und singt ein spontan gedichtetes Lied über verschlungene Wege, die niemand kennt und nur deshalb erträglich sind, weil Charlies selbstgemachte Marmelade so gut schmeckt.

„Einmal Charlie Spezial." bestellt Harry.

Da sieht man wieder mal, wie beeinflussbar wir Menschen sind. Oder? Na ja, wahrscheinlich hätte Harry seine Bestellung auch so aufgegeben.

„Nettes Lied, Walter."

„Na, alles klar, Harry?"

„Sicher. Warum nicht."

Harry ist ein guter Mann, findet Walter. Obwohl er ihn noch nicht sehr lange kennt, besteht zwischen ihnen bereits eine freundschaftliche Beziehung. Davon gibt es in seinem Leben nicht zu viele, sein Bekanntenkreis ist überschaubar, trotzdem versucht er nicht krampfhaft, ihn zu erweitern. Nein, nein, er wählt seine Kontakte mit Bedacht und Harry mag er einfach. Gut, dass er aufgetaucht ist.

Harry hatte die letzten zehn Jahre in Australien gelebt und war dort ganz gut zurechtgekommen. Aber mehr und mehr stellte sich Heimweh ein und obwohl er einige

Zeit tapfer dagegen ankämpfte, lies es ihn nicht wieder los. Schließlich gab er nach und machte sich auf den Weg nach Hause, zurück in die Geborgenheit eines beengenden Kleinstadtlebens. Seine Schwester, die einzige ihm verbliebene Familie, lebt auch hier. Obwohl er ein attraktiver und umgänglicher Mann ist, hatte er es auf dem fernen Kontinent zu keiner festen Beziehung gebracht. Harry vermutet, dass eine innere Blockade seines Unterbewusstseins die Ursache daran war. Hätte er sich in eine Australierin verliebt, wäre die Heimkehr schwierig geworden. Für immer fern der Heimat zu leben, wäre keine Option für ihn gewesen. Nebenbei verschweigt er, vor allem vor sich selbst, dass er schüchtern gegenüber Frauen ist.

Harry schließt aus Walters fragendem Gesichtsausdruck, dass dieser auf eine weitere Erklärung wartet, deshalb fügt er hinzu:

„Sorry, ich bin verpeilt. Mein Job ist so stressig."

Walter reibt sich sein schmerzendes Bein. Er ist sich nicht sicher, ob Harrys Jammern oder sein eigenes Unwohlsein ihm auf die Nerven gehen. Oder Beides. Wenn ich heute dieses Lokal verlasse, gehe ich allein nach Hause. Allein, allein, allein. So war das nicht immer.

Verdammt, aber jetzt ist es so.

"Bei dir läuft`s doch."

Harry schaut ins Leere. Kauend.

„Stimmt Walter."

Eine völlig unbefriedigende Antwort ist das. Stimmt Walter, stimmt. Dieser Harry! Es läuft doch rund für ihn. Er ist gesund, hat Arbeit, Familienanschluss und Geld. Das sind alles Dinge, die ihm, Walter, fehlen. Er überlegt sich gerade, ob er Harry wirklich mag.

„Du bist in einer guten Position. Außerdem verdienst du nicht schlecht."

Harry hat keine Lust auf Walters Frust einzugehen. Der Job ist beileibe nicht das, wovon er einmal geträumt hat. Es ist ein Job. Und ein anstrengender dazu.

„Ja Walter."

Charlie, zeigt sich interessiert an dieser Unterhaltung und verfolgt sie vom Tresen aus. Ganz bei der Sache ist sie jedoch nicht, weil gleich ihre Lieblingssendung im Radio kommt. Die will sie auf keinen Fall verpassen. Der Sender wird bei ihrem antiken Radio noch mittels eines Knopfes zum Drehen eingestellt. Charlie bewegt ihn mit viel Feingefühl hin und her, bis sie findet, was sie sucht. Täglich wird um 15.30 Uhr „Die Stunde der bizarren

Neuigkeiten" ausgestrahlt. Das ist eine ihrer Lieblingssendungen und die will sie jetzt hören. Noch stört ein lästiges Rauschen den Empfang, aber Charlie gibt nicht auf und nun ist die Stimme der Sprecherin auch deutlich zu vernehmen. Trotzdem kann Charlie nur Bruchstücke der Ansage verstehen, denn ihre Gäste reden zu laut. Sie verstärkt die Lautstärke des Radios, allerdings nützt das nicht allzu viel. Natürlich kann sie das nicht akzeptieren.

„Seid mal still. Ich will diesen Bericht hören!"

Erstaunt verstummen Walter und Harry. Beide wissen, so einen Ton darf nur Charlie anschlagen. Ja so ist das, denn sie kann mit anderen Wirtinnen nicht verglichen werden. Wer sonst bietet eine Art Wohnzimmer an, in dem man sich zuhause fühlt? Wer sonst verkauft „Charlie Spezial" als einziges Gericht auf der Speisekarte? Nun ja, nun ja, diese wird verbal vermittelt.

Dank Charlies energischem Durchgreifen ist die Radiostimme jetzt im ganzen Café deutlich zu hören und erzählt eine erstaunliche Geschichte.

„Sehr geehrte Damen und Herren,

wir berichteten bereits gestern über eine Frau, die auftaucht und wieder verschwindet. Bis jetzt ist es niemand gelungen,

24

ihren Standort zu lokalisieren. Sie taucht auf und verschwindet, wie es ihr beliebt. Berichten zufolge gibt es Menschen, die von ihr einen Stern erhalten haben. Das sei dann wohl etwas Besonderes für die betroffenen Personen, so man solchen Behauptungen glauben darf. Angeblich hat so ein Stern enorme Auswirkungen auf das seelische Wohlbefinden der Empfänger. Es gibt Berichte, dass neuer Mut, Hoffnung und Versöhnungsbereitschaft entstanden seien.

Auch sind inzwischen Information über den Namen der mysteriösen Frau durchgesickert. Sie nennt sich „Sterntalerkind". Meine sehr verehrte Zuhörerschaft, wer es nicht weiß: „Sterntaler" ist ein Märchen. Ein kleines Mädchen verschenkte buchstäblich alles was es besaß an arme Leute und wurde anschließend mit einem unerwartetem Goldsegen belohnt.

Wir dürfen noch einmal erwähnen, dass unser Sterntalerkind in reinster Uneigennützigkeit hilfreiche Sterne an ausgesuchte Personen übergibt....

Stirnrunzelnd drosselt Charlie die Lautstärke ihres Radiogerätes. Sie überlegt, ob sie so etwas schon einmal gehört hat, kommt aber zu keinem Ergebnis, weil die lautstarke Reaktion ihrer Gäste sie am Denken hindert.

Walter entlässt ein genervtes Stöhnen. Auch Harry

verdreht seine Augen, wirft den Kopf nach hinten und stößt einen gequälten Laut aus.

„Ah, eine ernstzunehmende Reportage? Eine Radiosendung für erwachsene Leute? Wie heißt sie? „Stunde der bizarren Neuigkeiten"? Was für ein Schwachsinn!"

Walter nickt bestätigend. Er geht zu hundert Prozent mit seinem Freund mit.

„Selbst wenn es ein Märchen ist ... kaum zu fassen was einem zugemutet wird. Man denkt direkt das Erste Mal darüber nach, was Kinder so erzählt bekommen. Eine Frau soll durch die Gegend geistern. Sie nennt sich Sterntalerkind und verteilt Sterne. Haha. Blödsinn! Was soll das? Nirgendwo, einfach nirgendwo auf dieser Welt, gibt es einen Menschen, der etwas umsonst tut. Selbst jemand mit ausgeprägtester Helfermentalität handelt unterm Strich aus eigennützigen Motiven."

Das geht Harry zu weit. So hart will er die Menschheit nicht sehen.

„Mit Ausnahme von mir, versteht sich. Na ja, manchmal. Ich rette Menschen! Tiere auch! Sonntagnachmittag bin ich so gut wie immer im Einsatz. Zum Beispiel als freiwilliger, ehrenamtlicher

Rettungsschwimmer. Erst letzten Sonntag wäre eine Frau ertrunken, wenn ich nicht da gewesen wäre."

Walter grinst schief und streicht sich sein schütter werdendes Haar aus der Stirn. Zynisch kommentiert er seinen Freund.

„Menschen mit Helfersyndrom leisten durchaus einen wichtigen Beitrag. Und meistens tun sie das ganz ohne Bezahlung."

„Helfersyndrom? Bist du neidisch? Nervt dich diese Sterntalergeschichte nicht?"

„Ich finde sie eher ein wenig lächerlich. Wäre schön, wenn sie stimmen würde. Ha!"

Ein bitteres Lachen folgt.

„Ich zumindest, habe ganz Anderes erlebt. Andernfalls säße ich nicht in so einer Lebensverfassung hier."

Harrys Augenbrauen ziehen sich nach oben. Er weiß nicht viel Privates von Walter, wüsste aber gerne mehr. Weil er empathisch ist, und auch ein wenig neugierig, horcht er erwartungsvoll auf. Hier bietet sich eine Gelegenheit, aus erster Hand etwas mehr über ihn zu erfahren.

„Ah, nicht?"

„Nein, sicher nicht. Mittlerweile wächst aber die

Einsicht, dass ich nicht unbeteiligt am Lauf der Dinge war. Meine Situation hat sich so negativ entwickelt, weil meine Reaktion auf die Umstände äußerst destruktiv war. Selbstmitleid hat sich noch nie ausbezahlt, ist aber leider sehr schwer aus dem Weg zu schaffen. Ich bin bitter geworden. C`est la vie, mein Bein tut weh."

„Kann man nichts dagegen tun? Wie kam es dazu?"

Für seine Begriffe hat Walter schon zu viel gesagt. Nützt es etwas, dieses Gejammer? Nein, es nützt nichts. Nichts. Er mag sich so auch nicht. Kontrolle zu haben liegt ihm mehr. Zynisch mit seiner Lebenslage umzugehen, verschafft ihm Genugtuung. Er hat keine Lust mehr auf dieses Gespräch. Gerade als er abwinkt, klingelt Harrys Handy. Gut, denkt er. Diese leidige Unterhaltung erledigt sich gerade von selbst. Harry fährt erschrocken auf, als er den Namen der Anruferin auf seinem Display sieht und nimmt den Anruf an.

„Oh, sorry. Ich habe es vergessen, ja doch, bin schon unterwegs."

Da sieht man es mal wieder, denkt Walter, er hat Familie. Bei der muss er sich zwar entschuldigen, aber dennoch eilt er ihr entgegen. Das stimmt, denn Harry wartet nicht mehr auf Charlie, um seine Zeche zu bezahlen. Hastig legt er im Aufstehen Geld auf den Tisch und erklärt noch schnell, dass er vergessen hat, die Kinder seiner Schwester vom Kindergarten abzuholen. Dann eilt von dannen. Walter geht noch nicht. Warum auch.

Freundschaften sind ein unersetzliches Gut

Stirnrunzelnd steckt Mara ihr Handy weg. Er sitzt schon wieder in diesem Café. Bei Charlie. Ja, zugegeben, sie geht auch gern mal rein. So ab und zu. Gelegentlich hat sie mit ihren Freundinnen dort Karten gespielt oder „Charlie Spezial" verzehrt. Aber jeden Tag? Na ja, er trifft dort seinen Freund, das darf man doch. Gut, dass ich ihn angerufen habe, freut sie sich. Womöglich hätte er sonst die Kinder vergessen.

Harry, Maras Bruder, ist einige Jahre älter als sie. Trotz dieser Tatsache und auch wenn er die meiste Zeit seines Erwachsenenlebens im Ausland, weit weg von ihr, verbracht hatte, fühlt sich Mara sehr mit ihm verbunden. Leider war er so lange außer Reichweite gewesen. Wenn man nur einen einzigen Bruder hat, sollte er da sein. Umso froher ist sie, dass er wieder in die Heimatstadt zurückgekehrt ist und in einer mittelständischen Firma eine attraktive Position angenommen hat. Wie gut, dass wir immer in Kontakt geblieben sind, denkt sie. Wie gut, dass wir uns nun wieder treffen können. Mara liebt ihren

30

großen Bruder. Wie er seinen Feierabend gestaltet, geht sie nichts an, findet sie. Jedoch heute sollte er nicht dort sein, denn der kinderfreie Spätnachmittag für sie war seine Idee gewesen.

„Lade deine Freundinnen ein, treffe dich mit ihnen, das ist gut für dich," waren seine Worte.

Harry macht oft solche netten Angebote. Dann ist Mara in der entspannten Situation, nicht pünktlich an der KiTa sein zu müssen. Die freie Zeit nützt sie sinnvoll, um mit ihren Freundinnen, Rachel und Röschen, Karten zu spielen. Diese sitzen bereits in ihrem Wohnzimmer und verfolgen neugierig das Telefonat.

Mara ist über die komfortable Situation, die für sie durch die Rückkehr ihres Bruders entstanden ist, froh. Weil er nicht liiert ist, hat er viel Zeit für sie und seine Nichten. Das ist schön, trotzdem bedauert sie, dass er keine Freundin hat.

„Er ist ein attraktiver, sympathischer Mann, er sollte nicht allein sein. Ich verstehe auch nicht, warum er das all die Jahre war," murmelt sie vor sich hin. Mara findet das nicht gut. Sie ist besorgt, dass er einsam sein könnte. „Versuche es doch mal mit so einer Dating Plattform, war ihr Rat gewesen."

Rachel mischt gerade die Spielkarten. In die bequeme Stuhllehne gelehnt, wartet sie, bis Mara ihr Telefongespräch beendet hat. Der nachdenkliche Gesichtsausdruck ihrer Freundin ist ihr nicht entgangen.

„Na, läuft's?"

Mara taucht aus ihren Überlegungen auf.

„Was meinst du?"

Rachel will endlich mit dem Spiel anfangen und reicht Mara den Kartenstapel.

„Du gibst. Dein Telefonat hatte sich nicht entspannt angehört."

„Keine Ahnung. Ich weiß nicht, ob es „läuft". Woher soll ich das wissen. Wie ist es denn, wenn es „läuft"?"

„Hm, hört sich eben nicht sehr entspannt an."

„Mein Bruder Dicky! Manchmal ist er unglaublich verpeilt. Beinahe hätte er vergessen, die Kinder vom Kindergarten abzuholen."

Rachel verdreht ihre Augen.

„Er ist wohl nicht die Zuverlässigkeit in Person? Wie nennst du ihn? Dicky? Ist er dick? Das kannst du aber nur zu ihm sagen, wenn sonst niemand zuhört. Ich kann mich nur äußerst schwach an ihn erinnern. Nein, eher gar nicht. Als er wegging war ich noch ein Kind. Genauer gesagt wusste ich nur, dass du einen Bruder weit weg im Ausland hast. Mehr hatte ich nicht mit ihm zu tun. Was ist mit dir Röschen, kennst du ihn? Er ist viel älter als wir. Das ist die einzige Information, die ich über ihn abgespeichert habe. Immerhin scheint er nett zu sein."

Röschen verneint kopfschüttelnd Rachels Frage. Mara findet, dass es sich seltsam anhört, wenn eine andere Person ihren Bruder Dicky nennt. Das ist ein Name, der nur ihr allein gehört. Er birgt sehr persönliche Erinnerungen an die gemeinsame Kinderzeit. Nein, er ist nicht dick und war es auch noch nie. Sie weiß nicht, warum sie ihn so nennt. Stimmt, realisiert sie erstaunt, seinen richtigen Namen hat sie nie erwähnt, wenn sie mit ihren Freundinnen über ihn spricht. Sie wissen nicht, dass er Harry heißt. Das fällt ihr erst jetzt auf. Na ja, es ist nicht so wichtig, beschließt sie und verteidigt ihn.

„Er ist wundervoll. Es ist so viel leichter, seit er wieder hier ist und mir hilft."

Mara und Rachel versinken in Schweigen, während sie ihre Spielkarten ordnen. Mara denkt darüber nach, wie froh sie darüber ist, ihren Bruder wieder bei sich zu haben und Rachel überlegt, wie sie Mara von ihrer neuen Idee überzeugen kann. Gleich wird sie diese eröffnen.

Röschen, die dritte Freundin im Bunde, schweigt ebenfalls. Das allerdings fällt nicht weiter auf, weil sie sowieso selten etwas sagt.

Rachel hingegen kann nicht zurückhalten, was ihr auf den Lippen brennt. Aufgeregt platzt sie mit ihrer Meinung heraus.

„Du brauchst einen neuen Mann."

Sie ist überzeugt davon, dass ihre Freundin Mara in einer Partnerschaft am besten aufgehoben ist. Genauso sicher ist sie sich, dass Mara Hilfe braucht, einen Freund für ein Leben zu zweit zu finden. Der Unfalltod Ihres Mannes liegt schon vier Jahre zurück und nun ist sie immer noch allein. Oh, mein Gott. Allein mit zwei Kindern! Zuhause eingesperrt! Lebendig vergraben! OK, aktuell macht der zurückgekehrte Bruder ihre Situation besser. Aber ersetzt das einen Partner? Nein, sicher nicht. Gut, gut, Ich habe ja auch keinen, aber mir ist auch nicht danach. Vielleicht wäre es schön, denkt sie sich, es muss aber nicht sein. Immer mit dem Gleichen seine Zeit zu verbringen kann ich mir nicht vorstellen. Eine täglich wiederkehrende Mühle wäre das. Wahrscheinlich würde ich weinen vor Langeweile. Na gut, manchmal ist es einsam, das kommt schon vor, aber dafür mache ich, was ich will. Ich muss mich mit niemanden abstimmen und brauche mich vor keinem Menschen zu rechtfertigen. Man kann nicht alles haben, beschließt sie ihre Überlegungen. Um beim Thema zu bleiben, hackt sie jetzt nach.

„Du musst doch langsam über die Trauer hinweg sein. Warum suchst du dir nicht einen neuen Mann?"

„Lass sie in Ruhe."

Erstaunt blicken beide zu Röschen. Wie gesagt, sie spricht nicht viel und wenn sie es tut, dann hört man eben wirklich hin. Rachel ist jedoch nicht gewillt, aufzugeben. Die Ehe ihrer Freundin war ihr ein Vorbild. Eine Versicherung dafür, dass eine Verbindung dieser Art gelingen kann. Sozusagen ein kleines Stück Garantie für eine heile Welt, nach der sie sich zwar sehnt, aber keinen Zugang dazu hat. Mara sollte wieder heiraten. Sie ist geschaffen für diese Lebensform.

„Ich bin deine Freundin und denke, dass das gut für dich ist."

Mara bewegt ihre Schultern. Sie sind verspannt und hart wie ein Brett.

„Meinst du? Ich kenne niemand, der in Frage kommt.

Soweit das Auge reicht, ist nichts Passendes in Sicht."

Eigentlich weiß Rachel darüber Bescheid, kommentiert aber trotzdem Maras Erklärung.

„Das hört sich nicht gut an."

Röschen wirft, ganz entgegen ihrer Gewohnheit nur zu beobachten, noch einmal eine Bemerkung ein.

"Es ist ja auch nicht so einfach."

„Für dich vielleicht?" vermutet Rachel.

Röschen ist Einiges gewohnt von ihrer ungeliebten Freundin. Meistens schluckt sie deren Bemerkungen und wehrt sich nicht, dieses Mal aber gewinnt ihre Empörung Oberhand.

„Für mich vielleicht? Woher willst du das wissen?"

Mara kann es grundsätzlich nicht leiden, wenn ihre Freundinnen sich streiten. Dies hier könnte einer werden.

„Hört auf, alle Beide. Wie soll ich denn einen Mann kennenlernen? Ich habe nicht im Geringsten Zeit dazu. Mein Leben frisst mich auf."

Rachel beschließt, sich nicht weiter mit Röschen abzugeben, sondern lieber ihr Ziel zu verfolgen.

„Es gibt richtig viele Leute, denen Zeit und Gelegenheit fehlt, im Alltag einen Partner kennen zu lernen. Deshalb gibt es Dating Portale. Ich bin auf drei davon unterwegs. Es ist absolut kein Problem für mich, für dich ein Treffen zu organisieren. Männer gibt es wie Sand am Meer. Ich hatte jedenfalls im letzten halben Jahr mehrere Dates. Nun ja, zwei davon waren verheiratet. Das kommt immer wieder vor."

Na prima, denkt sich Mara, oh mein Gott, hat sie Nerven.

„Also wirklich, und du meinst, das könnte eine Lösung für mich sein? Ich weiß nicht. Obwohl, mir fällt gerade eine Weisheit meiner Mutter ein. Hört mal:

„Wenn man immer im eigenen Mief sitzt, riecht man ihn nicht mehr." In meinem Fall heißt das, ich habe mich ans Allein sein gewöhnt. Gut, Rachel, ich gebe zu, dass ich es mir anders wünschen würde. Aber sich mit verheirateten Männern zu treffen, finde ich unmoralisch."

Rachel verteidigt sich.

„Das habe ich zu Beginn der Sache nicht gewusst. Auf diesen Dating Plattformen sind schon auch schräge Typen unterwegs. Einmal brachte einer seinen Bruder, dessen Kinder und seine Tante zum Date mit. Ich wähnte mich inmitten einer griechischen Großfamilie oder einer mafiösen sizilianischen Sippe. Jedenfalls verhindert es vorschnelle, unüberlegte erotische Handlungen. Wir haben auch griechisch/sizilianisch üppig gezecht. Ein fröhlicher Abend war das. Er nahm aber einen eigenartigen Verlauf. Zuerst bekam die Tante einen dringenden Anruf und musste schnell gehen, dann kamen die Kinder nicht von der Toilette zurück. Der Bruder verabschiedete sich einfach ohne Erklärung. Na gut, dachte ich, endlich sind wir allein. Deswegen macht man so was ja, oder? Ich schlug einen Abendspaziergang vor und als die Rechnung kam, hatte er seinen Geldbeutel vergessen."

Mara vergisst durch diese abstruse Erzählung ihre Abwehrhaltung.

„Du spinnst, Das gibt es doch gar nicht."

Rachel grinst.

„Doch, das gibt es schon. Ich könnte noch sehr viel mehr unterhaltsame Geschichten auftischen."

Röschen verdreht genervt ihre Augen. Diese Rachel. Es ist immer das Gleiche.

„Es gibt erstaunliche Methoden, um anzugeben."

Empört wehrt sich Rachel. Nicht dass ihre Glaubwürdigkeit nicht schon einmal angezweifelt worden wäre. Doch, das ist schon geschehen. Aber Röschen, dieser grauen Maus, gesteht sie das Recht nicht zu, Kritik an ihr zu üben.

„Wie bitte? Du hast doch bloß nichts zu erzählen. Du musst übrigens ablegen."

Röschen wirft ein paar Karten auf den Tisch, freut und wundert sich, dass sie sich getraut hat, der streitlustigen Rachel Widerworte zu geben.

„Ach, so denkst du also über mich?"

Nun hat Röschen Rachels volle Aufmerksamkeit. Das war nicht unbedingt ihre Absicht, denn sie fürchtet sich ein wenig vor deren Naturell. Röschen empfindet die Beziehung mit Rachel als eine Art „Zwangs-Befreundung". Das allerdings, beruht auf Gegenseitigkeit. Beide wären lieber nur mit Mara unterwegs gewesen. Leider sind die unvermeidliche Rachel und das unvermeidliche Röschen aber immer dabei.

„Hast du jemals einen Freund gehabt. Auf Nicht-Platonischer-Ebene meine ich?"

Röschen fühlt sich erwischt. Nein, sie hat bisher noch keinen Freund auf Nicht-Platonischer-Ebene gehabt. Aber das geht Rachel nichts an. Rachel, die mit dem

Finger schnippt und sofort zwischen zwei oder drei Verehrer auswählen kann. Sie lebt in einer anderen Welt. Verdammt, ich bin schüchtern und ich schau nicht so gut aus wie sie, ich trau mich nicht und ich habe auch keine Lust. Faktisch ist eine Beziehung in weiter Ferne von mir. Aber trotzdem, das geht niemand etwas an.

„Vielleicht, vielleicht auch nicht."

Maras und Rachels Gesichtsausdruck bezeugen Ungläubigkeit bei dieser Behauptung. Mara würde es ihr wünschen, Rachel sich wundern.

„Gut, ja, ist gut. Nein, ich hatte noch nie einen Freund." gibt Röschen zu und hofft, dem leidigen Thema entronnen zu sein.

Mara will nicht, dass der schöne Nachmittag mit ihren Freundinnen wegen einer unguten Auseinandersetzung endet. Kaum zu fassen, wie unterschiedlich wir sind, denkt sie. Da ist die impulsive, zugegebenermaßen etwas oberflächliche Rachel. Immer in Bewegung, wenig leidensbereit, aber mit einem guten Herzen. Unüberlegt in ihren Äußerungen und schnell dabei, ihre Meinung kundzutun. Was für einen Kontrast zu Röschen stellt sie dar. Mit ihr kann man tatsächlich eine Stunde schweigend verbringen, ohne in innerliche Bedrängnis zu geraten. Auch äußerlich gibt es keine Ähnlichkeiten. Rachel legt großen Wert auf ihre akkurat gepflegte Erscheinung. Wöchentliche Besuche bei Friseur und Nageldesignerin sind unverzichtbar. Ihre langen, schwarzen Haare trägt sie grundsätzlich offen und ihre modische Kleidung wechselt rasch. So ist es bei Röschen nicht. Deren Röcke, allesamt auf dem Flohmarkt ergattert, müssen außer ihr niemand gefallen. Ihre blonden Haare bindet sie mit einem Stoffband zusammen, Obwohl sie hübsch ist, nimmt das nur ein aufmerksamer Betrachter wahr, denn sie hält ihren Kopf und ihren Blick leicht gesenkt. Mara erkennt sehr wohl die konsequent verborgene Schönheit ihrer Freundin, nimmt aber pragmatisch hin, dass diese rein gar nichts aus sich macht. So sind sie nun mal eben, ihre Freundinnen. Seit frühester Kindheit ist sie mit ihnen vertraut. Sie könnte sich ein Leben ohne sie nicht vorstellen. Um ihr beizustehen, wirft sie ein:

„Du hast so viele Tiere, um die du dich kümmerst

Ach ja, Mann, aber um die würde ich mich auch kümmern, wenn ich einen richtigen Freund hätte, weiß Röschen. Das könnte ich vereinbaren. Er müsste sowieso ein Herz für Tiere haben.

Rachel lenkt ein. Irgendwie mag ich sie ja, denkt sie, obwohl ich nicht weiß, warum. Ich kenne sie schon fast mein ganzes Leben lang. Wahrscheinlich würde sie mir sogar fehlen, wenn sie nicht mehr da wäre. Wir sind nur auf zwei komplett unterschiedlichen Planeten zuhause. Ein Leben, wie Röschen es führt, wäre undenkbar für mich. Ein absolutes „Geht-Gar-Nicht". Ein bisschen tut sie mir auch leid. Großer Gott, muss ihr Leben unerträglich langweilig sein. Gnädig stimmt sie zu.

„Du bist ein Tier-Flüsterer."

Röschen liebt Tiere, verbringt viel Zeit mit Tieren und hat ein großes Herz für sie. Darauf würde sie nicht verzichten wollen und können. Trotzdem, es ist einsam. Rachel ist attraktiv und begehrt. Mara lebt mit ihren Kindern. Im Vergleich mit den zwei Freundinnen ist sie kurz gekommen, findet sie. Über ihre unbeteiligten Gesichtszüge huscht ein Anflug von Verzweiflung. Röschen schnaubt verächtlich und hofft, dass sie jetzt nicht zu heulen anfängt.

Rachel sieht die Sache nicht so aussichtslos. Röschen müsste mal ordentlich aufgepeppt werden, klarer Fall. Diese unmöglichen Klamotten gehören in den Altkleidercontainer. Eine neue Frisur, besser gesagt, überhaupt mal eine Frisur, wären sicher auch hilfreich. Ich werde sie zum Friseur schleppen. Für den Rest würde ich auch Lösungen finden. Rachel wirft ihr Haar siegessicher nach hinten.

„Weißt du, es ist auch kein Wunder, dass kein Mann auf dich aufmerksam wird."

Mitleid oder gar Verständnis erwartet Röschen nicht, aber auf einen Angriff ist sie nicht gefasst.

„Wie bitte?"

„Du kleidest dich, wie wenn du nicht gesehen werden willst."

„Was? Spinnst du. Was gibt es an mir auszusetzen. Ich will nicht aufgrund von Äußerlichkeiten gemocht werden. Deine ganze Makulatur ist doch eine Illusion, die du schaffst. Was machst du, wenn dich ein Verehrer einmal ungeschminkt sieht.

„Na, na, ist ja gut. So läuft das aber. Warum weißt du das nicht?"

„Ja klar, so läuft das. Deswegen bist du auch mit deinem Traummann zusammen."

Oh verdammt, sie hat Recht. Das gefällt Rachel nicht, weil sie keinesfalls die Unterlegene in dieser Unterhaltung sein will. Widerwillig winkt sie ab.

„Na wenn schon. Dafür habe ich die perfekte Idee für Mara. Übrigens, dir könnte ich auch ein Date verschaffen."

Überzeugt, für ihre Freundin Mara das Beste zu versuchen, ist ihr dennoch klar, dass es nicht leicht sein wird, diese dafür zu begeistern. Während sie ihre Spielkarten ordnet, fixiert sie Mara mit halbgeöffneten Augen und hofft, dass sie mit ihren Überredungskünsten Erfolg hat.

„Mara, komm. Lass dich drauf ein. Nur mal so. Es macht Spaß."

Mara schaut ihre Freundin entgeistert an. Unglaublich, wie sich ein gemütlicher Kartenspiel-Nachmittag so anders entwickeln kann als man dachte.

„Niemals. Rachel, ich bitte dich."

Rachel stöhnt auf

„Sei nicht so langweilig. Wir probieren das aus."

Blankes Entsetzen macht sich in Röschen breit. Momentan wird nur die bedauernswerte Mara von Rachel bearbeitet. Aber man weiß nie, was ihr einfällt. Hat sie nicht gerade erwähnt, sie könnte auch für sie, Röschen, ein Date organisieren. Was für eine grauenhafte Vorstellung, mit einem wildfremden Mann irgendwo in einem Lokal zu sitzen. Steif und wortlos. Unerträgliches Schweigen. Jeder auch noch so kleiner Funke einer Unterhaltung würde sofort im Keim ersticken. Es wäre nicht so ein vertrautes, gemütliches Schweigen, wie mit Mara. So eines, wo man sich zu Hause fühlt. Gewiss nicht. Ein quälendes Gefühl, versagt zu haben, würde alles überziehen. Unwiederbringlich. Nein, oh nein. Auch die modisch revolutionierende Hand von Rachel wäre nicht imstande, einen Schmetterling aus ihr zu machen. Dieses „Date" würde wahrscheinlich sein Getränk so schnell wie möglich runterkippen, ex, und danach eine Entschuldigung parat haben, warum er sofort, jetzt gleich, einen überraschenden Termin hat und leider nicht länger bleiben kann. Röschen weiß, dass es schrecklich werden wird. So stellt sie entschieden klar.

„Für mich, also für mich, machst du so etwas nicht. Klar?"

Rachel stöhnt innerlich auf. Jammern und nichts für eine Veränderung tun wollen. Das Übliche halt. Eigentlich ist Röschen nicht ihr Zielobjekt. Aber die Idee, ihre Pläne auch auf sie auszuweiten, gefällt ihr. Klar, da gibt es einiges an Widerstand zu überwinden, ich wäre überrascht, wenn es nicht so wäre, denkt Rachel und schaut Röschen aus schmalen Augen an. Aber ja, der erste Samen ist gesät. Trotzdem nervt es sie, dass ihr guter Vorschlag abgeblockt wird. Um die Stellung in der Hackordnung zu bewahren, und um sich ein klein wenig Genugtuung zu verschaffen, teilt sie noch ein wenig aus. Sie empfiehlt ihr, zu ihren Tieren zu gehen, weil diese ja gänzlich unkritisch seien.

Himmelsküsse sind zeitlos

Charlie steht hinter ihrer Theke. Sie hat den Tisch abgeräumt, das Geschirr in die kleine Küche nebenan getragen. Nun überlegt sie, was sie als Nächstes machen soll. Gäste sind momentan nicht zu versorgen. Über dem Tresen, auf einem schmalen Regalbrett, liegt ihr Marmeladenrezeptbuch. Ihr Neuestes. Holunderblütenmarmelade ist noch nicht eingetragen. Keinesfalls würde Charlie vergessen, wie man sie zubereitet und welche Zutaten sie dazu braucht. Natürlich nicht. Sie liebt es, ein handschriftlich gefertigtes Rezeptbuch anzulegen. Es erinnert sie an früher, als es Online-Shops und dergleichen noch nicht gab.

Im Lokal sitzt niemand mehr. Es ist eigenartig ruhig heute. Sind beide Gäste schon gegangen, überlegt sie sich? Nein, Walters Jacke hängt am Haken. Er wird wohl vor der Türe stehen und rauchen. Sie ist allein in ihrem Lokal.

Charlie schaut sich ihr Café an. Die abgebeizten Holztische, die Stühle in unterschiedlicher Ausführung, das gemütliche Sofa in der Nische. Schnick-Schnack an den Wänden gefällt ihr nicht, deshalb sind die nur weiß gestrichen. Aber eine Gitarre hängt dort. Jeder Gast, der Lust zu spielen hat, darf sie aus der Halterung nehmen und seine Künste zum Besten geben. Es geht nicht um vortragsreife Stücke, obwohl sie sich über jeden freut, der in der Lage ist, mehr als fünf Griffe zu bedienen. Das hier, resümiert sie, das ist mein wahr gewordener Traum. Ich hatte ein kleines Café im Sinn, ein Ort der Begegnung sollte es sein.

Manchmal, nein, sogar sehr oft ist das auch so. Dann sorgt eine reichlich vorhandene Gästeschar für gute Stimmung. Dann kann man entspannte Menschen sehen, die sich in Gespräche vertiefen, lachen und Charlie Spezial konsumieren. Ja, auch dieses. Ach ja. Charlie dreht versonnen am Radioknopf ihres antiken Gerätes. Vieles hat sich so entwickelt, wie ich es mir vorgestellt habe, überlegt sie und bewegt auf der Suche nach grooviger Musik langsam den Sender-Such-Knopf hin und her. Ich sollte zufrieden sein. Ja, was hast du Charlie, murmelt sie vor sich hin. Nette Gäste. Die meisten davon jedenfalls. Der Umsatz stimmt. Wochenende ist frei. Ich bin mein eigener Chef. Passt. Alles gut, oder?

Während Charlie über ihren Gemütszustand grübelt, durchstreift eine etwas seltsam anmutende Erscheinung das Örtchen. Lange, leicht ergraute Haare, baumeln in einem dicken Zopf gebändigt, über ihren Rücken. Zwei alte Füße stecken in rosaroten Schuhen und um das Bild zu vervollständigen, hängt an ihrer Schulter eine Tasche, die sich jeglicher modischen Diskussion entzieht. Doch diese Attribute sind nicht der Grund, warum sie geheimnisvoll wirkt. Aber unbestritten, sie tut es. Zielsicher strebt sie in Richtung Charlies Café. Dort bleibt sie stehen, betrachtet das Aushängeschild und murmelt.

„Das muss es sein. Ich habe sie gefunden."

Es ist Dora, die die Türe zu Charlies Café öffnet, eintritt und nun die Dinge aus ihrer Sicht erzählt:

Ich bin überzeugt, dass ihr selten entgeht, was in ihrem Café passiert. Trotzdem hat sie mich noch nicht bemerkt. Ihre ganze Aufmerksamkeit ist auf ein Glas, das sie gerade poliert, gerichtet. Ich trete von der Türe zum Tresen und schaue ihr schweigend zu. Nun hält Charlie inne. Sie hat mich registriert und schaut mich an. Ich weiß nicht was sie denkt, aber an ihrem ratlosen Gesichtsausdruck kann ich erkennen, dass sie sich nicht an mich erinnert.

Charlie nimmt die positive Energie dieser Frau in sich auf. Fasziniert davon kann sie ihren Blick von den freundlichsten Augen, die sie je gesehen hat, nicht mehr abwenden. Vor lauter Verwunderung vergisst sie den ungewöhnlichen Besuch zu begrüßen.

Ich muss über ihre Reaktion lächeln. Ich, für meinen Teil, kann mich sehr gut an Charlie erinnern.

„Kennst du mich nicht mehr?"

Charlie schüttelt leicht ihren Kopf. Kenne ich sie? Habe ich diese eigenartige Frau schon einmal gesehen, überlegt sie. Nein, ich denke nicht? Oder?

Jaja, ich weiß schon, ich bin in Vergessenheit geraten. Sie kennt mich nicht mehr. Das passiert auch manchmal bei anderen Menschen, aber ich gräme mich nicht. Ich bin es gewohnt.

„Es ist schon ein Weilchen her, nicht wahr?"

Schon ein Weilchen her? Sollte Charlie sie kennen? Ganz zaghaft regt sich in ihrem Gehirn ein Dämmern. Doch, ja, da war was. Es ist lange her. Stimmt. Ein Funke der Erinnerung leuchtet auf. Ja doch, ich hatte schon mit ihr zu tun, wundert sich Charlie und betrachtet ihren Gast neugierig.

Ich kann es sehen. Erlebnisse einer gemeinsamen Zeit,

die wir vor langer Zeit hatten, fallen ihr wieder ein. Tief Vergrabenes ist nicht verloren. Nur vergraben. Nur nicht mehr präsent. So frage sie noch einmal.

„Weißt du nicht mehr?"

Charlie nickt. Sie weiß es wieder.

„Ja, das war vor vielen Jahren. In einer Zeit, in der ich schwer krank war, bist du gekommen."

Vergessene Bilder, die sie gerne hinter sich gelassen hat, tauchen auf. Oh ja. Wie gut war es gewesen, die Kraft zu finden, nach vorne zu schauen und eine schwierige Phase zu überwinden. „Damals war von mir nicht viel übrig. Oh, mein Gott, ging es mir schlecht."

Einzelheiten, frisch wie gestern, ziehen an ihrem inneren Auge vorüber. „Ich war schwer erkrankt. Und darüber hinaus hatte ich auch noch mit den tiefen Wunden meiner gescheiterten Ehe zu kämpfen. Ich lag am Boden. Meine Lebenslust war dahin. Ich dachte, ich könnte genauso gut tot sein. Es fühlte sich schrecklich an. Ja, so war das. Ich konnte mir nicht mehr vorstellen, etwas mit meinem Leben anzufangen und schon gar nicht etwas Schönes. Und dann kamst du."

Ich habe viele Lebensschicksale gesehen und viele Menschen getroffen, die durch Höhen und Tiefen gehen mussten. Das geht mit meiner Aufgabe, die ich zu erfüllen habe, einher. Wie froh bin ich, Hilfe bringen zu dürfen.

„Manchmal ist das so im Leben eines Menschen."

Charlie stimmt dieser Tatsache zu. Leider ist das genauso so unerfreulich wie wahr. Die ganze Not dieser schweren Zeit wird ihr jetzt wieder gegenwärtig. Mit einem leichten Kopfschütteln stößt sie einen tiefen Seufzer aus. Wie wundervoll, dass ich das hinter mir lassen konnte. Doch warum ist diese Frau hier, in meinem Café, rätselt Charlie. In diesem Moment trifft sie die volle Erinnerung. Kann das die Möglichkeit sein. Das gibt es nicht. Oder?

„Du bist die Sterne-Frau! Dora! Ja? Das war dein Name! Dora, die Sterne-Frau. Ja du bist es. Du hast mir einen Stern geschenkt. Ein wundervolles Geschenk. Immer wenn ich ihn in die Hand nahm, passierte etwas in mir. Etwas unfassbar Gutes. Von ihm ging Lebensmut aus und ich konnte wieder Hoffnung schöpfen. Es war herrlich. Damals wurde die Idee für dieses Café geboren. Siehst du, es ist Wirklichkeit geworden."

Ich lasse meinen Blick über die gemütliche Einrichtung gleiten. Es gefällt mir. Eine Gitarre, lehnt an einem Tisch, sicher war da gerade noch ein Gast gesessen. Aber ja, ich weiß, er wird wiederkommen, denn mit ihm werde ich heute auch noch zu tun haben.

„Ein wunderbares Café hast du geschaffen. Bist du glücklich?"

Charlie stockt, sie überlegt. Ist sie das? Das weiß sie nicht so genau. Oder doch? Sie hat das bekommen, was sie wollte. Glücklich? Da hatte sie vorhin schon ihre Zweifel daran.

Ich bin neugierig und würde gerne wissen, was sie mit dem Stern gemacht hat. Leider, so vermute ich, hat sie wahrscheinlich irgendwann aufgehört, ihn zu beachten. Auf diese Weise gerät er und somit auch der, der ihn geschickt hat, in Vergessenheit.

„Was hast du mit dem Stern gemacht?"

Betroffen über diese Frage überlegt Charlie, was sie mit dem Stern gemacht hat? Er ist nicht mehr hier. Meine Güte! Im Laufe der Jahre ist er in den Hintergrund geraten. Sie hat sich keine Zeit mehr genommen, ihn anzusehen und sich darüber zu freuen. Er muss in irgendeiner Schachtel stecken, in die sie normalerweise nicht reinschaut.

„Vergessen. Ich habe ihn tatsächlich vergessen. Wie dumm von mir."

Charlie ist schockiert über ihr eigenes Verhalten. Wie konnte das passieren? Sie hat das Geschenk, das ihr so viel Hilfe brachte, einfach vergessen. Fassungslos über diese Tatsache schaut sie Dora mit großen Augen an.

Ich weiß, dass die Hektik und Ablenkungen im Alltag ihre Wirkung tun. Es ist auch nicht meine Aufgabe, Vorwurf oder Urteil zu erheben. Außerdem habe ich meinen Auftraggeber nicht anklagend kennengelernt. Er ist mein Vorbild. Also finde ich tröstende, verständnisvolle Worte.

„So etwas passiert. Da bist du nicht die Erste. Das Leben ist schnell und das Tagesgeschäft herausfordernd." Ganz verkneifen kann ich mir eine kleine Maßregelung aber nicht.

„Obwohl es nicht sehr klug war, den Stern aus deinem Leben zu lassen. Weißt du, er war ein Geschenk. Ein Kuss des Himmels, sozusagen."

Charlie weiß, dass diese Frau recht hat. Sie nimmt die Ermahnung an, nickt wissend. Genau. So hatte es sich angefühlt. Umso unglaublicher, dass sie ihn verloren hat. Ja, ein Kuss des Himmels, das war er. Sie schaut direkt in Doras blaue Augen. Was für Augen diese Frau hat, denkt Charlie. Sie erinnern mich an einen mit Sternen übersäten

Nachthimmel. Wie schön und geheimnisvoll sie sind.

„Das war eines der schönsten Geschenke meines Lebens. Wer schickt diese Küsse, die du verteilst?"

Ich muss lachen. Ihr Interesse freut mich. Heute wie damals wurde ich zu ihr geschickt. Ich frage sie deshalb:

„Was denkst du? Meinst du, es könnte jemand sein, der es gut mit dir meint? Möchtest du gerne nochmal einen Stern haben? Ich hätte Einen für dich dabei."

Hätte sie das gerne? Ja sicher! Ja sicher, sehr gerne sogar. Charlie nickt schweigend und beobachtet, wie Dora in ihre kleine Tasche greift. Die muss aber sehr viel größer sein als sie ausschaut, denn sie zieht einen Stern von ansehnlicher Größe, untermalt von Gemurmel, dass es dieses Mal aber wirklich viele Sterne zum Verteilen wären, aus ihr heraus.

„Das ist er. Dieser ist für dich Charlie."

Stumm und ungläubig lehnt Walter im Türrahmen. Er war eben nur mal kurz draußen gewesen. Nur kurz draußen gewesen. Im Lokal darf man leider nicht rauchen. Das zwingt ihn dazu, ab und zu vor die Türe zu gehen. In dieser kurzen Spanne seiner Abwesenheit hat sich sein gemütliches, bodenständiges Stammlokal in einen Fantasy-Raum verwandelt. In einen surrealistischen Ort, wo Ordnung nicht Ordnung und Gesetz nicht Gesetz bedeutet. Jedenfalls nicht, was er sich darunter vorstellt. Kleine Taschen dürfen nicht klein sein und Gegenstände beinhalten, die gar nicht hineinpassen können. Da ist sich Walter sicher. Gedanklich überprüft er, ob sein Alkoholkonsum die letzten Tage zu hoch war. Oder ob ihm jemand Drogen ins Getränk gemischt hat. Doch wohl nicht bei Charlie. Was ist das? Ich habe das mit meinen eigenen Augen und Ohren wahrgenommen. Ich träume nicht.

Walter redet nur bei Charlie viel, zumindest für seine Verhältnisse. Wenn er zuhause ist, ist das nicht so. Es mangelt ihm an Gesprächspartnern. Auch als er noch verheiratet war, konnte man ihn nicht gerade als redselig bezeichnen. Das war ein ewig schwelender Streitpunkt zwischen seiner Frau und ihm gewesen. Für ihr Verständnis von Kommunikation und Austausch hatte er zu wenig geredet. Damals ist es mir auf die Nerven gefallen, dass sie bei jeder Gelegenheit "Gespräche" von mir eingefordert hat, erinnert er sich. Mittlerweile bin ich froh, wenn überhaupt jemand mit mir reden will. Im Moment jedoch, hat es Walter die Sprache verschlagen.

56

Krampfhaft überlegt er, ob bei ihm etwas nicht stimmt. Aber nein, ich habe einen Kakao getrunken, zählt er auf. Das muss man sich mal vorstellen. Weder Bier noch Schnaps, nein, einen Kakao, wie immer, wenn ich bei Charlie sitze. Das kann man gar niemand erzählen, findet Walter. Also gut, reiß dich zusammen und denke nach, befiehlt er sich. Ich bin nüchtern und bei Sinnen, trotzdem sehe ich diese Frau hier. Und die hat einen ansehnlich großen Stern, EINEN STERN, aus einer absolut viel zu kleinen Tasche herausgezogen. Ob ich wohl schnell verschwinde, bevor sie mich bemerkt?

Walter will lieber weg und nicht so einer befremdlichen Situation ausgesetzt sein, andererseits fühlt er sich davon angezogen. Er ist fasziniert. Diese fremde, kleine Frau verbreitet eine fesselnde Atmosphäre. Sie ist anders als alles was er kennt. Er erschrickt über seine zwiespältigen Gefühle. Er will flüchten und gleichzeitig näher zu ihr hingehen. Walter starrt auf ihren Rücken und fühlt sich ertappt, als die Frau sich zu ihm umdreht und ihn fixiert. OK, ich lebe allein und isoliert, überlegt er hastig. Ich rede wenig und ich gehe nicht aktiv auf Menschen zu. Ich fühle mich oft einsam, aber ich habe keine Sozialphobie. Was ist das für eine Reaktion? Bei mir setzt Schockstarre und Flachatmung ein. Einen geraumen Moment ruht ihr Blick auf ihm. Walter denkt an ein Kaninchen. Die sollen sich auch totstellen, wenn sie sich in Todesgefahr wähnen, hat er gehört. So fühlt er sich. Nicht schön. Nein. Er erwidert aber ihren Blick und beginnt zu seiner Verwunderung, sich zu entspannen. Es passiert einfach. Wehrlos ergibt er sich dem zustimmenden Gefühl, das in ihm entsteht. Seine Gesichtszüge werden weicher und er wird neugierig, diese Frau kennen zu lernen. Dann passiert wieder etwas, das Walter sich nicht erklären kann. In Doras Gesicht und Gestalt findet eine erstaunliche Veränderung statt. Bis gerade eben noch war sie als eine gereifte Frau auf diesem Barhocker gesessen. Nun ist das nicht mehr so, denn sie verwandelt sich gerade in ein Kind. Ungläubig schüttelt Walter seinen Kopf und ist sich sicher, dass er dieses Erlebnis dort nicht hineinbringt.

„Bist du ein Kind oder bist du erwachsen?"

Ich sehe Walter heute zum ersten Mal. Sein Erstaunen amüsiert mich ein wenig. Dass er das Kind in mir erkennen konnte, zeigt mir die Offenheit seines Herzens. Ich lächle ihn an:

„Das liegt ganz im Auge des Betrachters. Hallo

Walter."

Walter zeigt sich nicht einmal erstaunt, dass ich ihn mit seinem Namen anspreche. Höflich begegnet er mir mit einem:

„Hallo."

„Du kennst mich noch nicht"

„Nein, wer bist du?"

„Ich bin Dora. Dora, die Sterne-Frau"

Dora, die Sterne-Frau? Walter nimmt die Information auf. Ob sie etwas mit diesem Kind zu tun hat, von dem im Radio berichtet wurde? Von diesem Sterntalerkind? Aber nein, das war ein Märchen. Zwar wurde es als Nachricht verpackt verkauft, aber wer glaubt so etwas? Was für ein Blödsinn soll das sein!

Ich kann nur ahnen, was Walter denkt. Er scheint mit einer Fülle von Gedanken zu kämpfen. Aber ich lasse nicht locker, denn ich wurde nicht nur zu Charlie, sondern auch zu Ihm gesandt. Auffordernd klopfe ich auf meine Tasche und frage ihn:

„Willst du auch einen Stern? Ich hätte einen für Dich dabei."

Walter runzelt seine Augenbrauen und neigt den Kopf leicht zur Seite, was einer Frage gleichkommt, die ungefähr wie „Hä" lauten würde.

Die Sache ist erklärungsbedürftig, das kann ich sehr gut erkennen. Ich hoffe, dass ich seine Verwirrung mit folgenden Worten ein wenig lindern kann.

„Ich könnte ihn nur DIR geben. Er ist für niemand anderen sonst gedacht."

Wer denkt sich denn einen Stern aus? Obendrein einen „Nur für mich", rätselt Walter. Er bemerkt, dass er schon mittendrin in dieser eigenartigen Geschichte steckt.

„Wie meinst Du das und was ist das für ein Stern?"

Ich nicke. Walter gehört zu der skeptischen Sorte Mensch. Von denen gibt es viele. Ja, ja. Behutsamkeit ist angesagt.

„Er wurde mir gegeben, für Dich. Er ist, sozusagen, ein Geschenk. Eine Botschaft. Ich habe schon von anderen Sternen-Empfängern gehört, dass sie ihren als „Kuss des Himmels" bezeichnen."

Das, also das hier, überlegt Walter, ist an Übergriffigkeit kaum zu überbieten, zumindest für meine Begriffe. Sie bietet mir einen Kuss an. Aus dem Himmel. Und ich überlege mir, ob ich das will. Bin ich noch zu retten? Funktioniert in meinem Oberstübchen noch alles?

„Du hast einen Stern für mich?"

Ich freue mich, weil er langsam zu verstehen scheint.

„Ja, willst du ihn?"

Walter verzieht sein Gesicht zu einem schiefen Grinsen. In was für einer krassen, absurden Situation bin ich bloß gelandet, fragt er sich. Was bitte soll ein „Kuss des Himmels" denn sein? Ha! Bisher war ich nicht unbedingt vom Schicksal begünstigt. Nein, das kann ich mit Fug und Recht behaupten. Will sie mich verhöhnen? Treibt sie ein fieses Spiel mit mir? Ich soll auf so einen unglaublichen Schwachsinn reinfallen? Walter fühlt die Bitterkeit in sich aufsteigen. Das ist ihm wohlbekannt. Es fühlt sich wie Wermut auf der Zunge an, wie wenn statt Blut schwarzer, dicker Saft in den Adern fließt. Ich habe mein Leben verloren, jedenfalls alles, was für mich lebenswert war. Frau weg. Beziehung zu meiner Tochter weg. Arbeitsstelle auch weg. In einer kleinen, unansehnlichen Wohnung sitze ich. Allein. Als Frührentner. Das kleine bisschen Geld, das mir zur Verfügung steht, reicht für Nichts. Nichts. Fast Nichts. Mein Bein schmerzt ständig. Was will sie? Walter wird immer wütender und starrt in Doras freundliches Gesicht.

„Nein, ich weiß es nicht. Will ich einen „Kuss des

Himmels"?"

Ich ahne seine inneren Kämpfe und bin gespannt, ob Abwehr oder Sehnsucht gewinnt. Manchmal sind Wut und Enttäuschung so groß, dass der Mensch sein Herz nicht mehr öffnen kann. Sanft fordere ich ihn auf.

„Probiere es aus."

Walter ist immer noch fieberhaft mit der Frage beschäftigt, ob er es mit einem Kind oder einer Frau zu tun hat. Er beschließt, dass ihm sein freundliches Gegenüber sympathisch ist. Und auch wenn ihm ihr Angebot unwirklich vorkommt, ist ihm klar, dass es ein ganz besonderes Geschenk sein muss. Ich könnte es schon annehmen, überlegt er und lächelt noch ein bisschen schiefer.

„Nun gut, ja. Ich nehme deinen Stern an."

Ich greife in meine Tasche von normaler Größe, die keineswegs ausgebeult wirkt, wühle darin herum und suche den einen Stern. Den, der für ihn bestimmt ist. Ich weiß, dass ich zu Selbstgesprächen neige, höre mich murmeln „das ist er nicht, der hier auch nicht, ja, ich habe ihn." Ich ziehe einen handgroßen Stern heraus. Er leuchtet wunderschön. Mit ausgestrecktem Arm halte ich ihn in Walters Richtung. Der löst sich aus dem Schutz des

Türrahmens, setzt sich in Bewegung und nimmt ihn aus meiner Hand. Beinahe kindlich fragt er mich:

„Was soll ich damit machen?"

Ich habe meinen Auftrag erfüllt. Das finde ich schön, denn ich liebe es, den Menschen Sterne zu bringen. Was er mit dem Stern machen soll, oder was der Stern mit ihm macht, ist die Sache zwischen ihm und dem, der ihn geschickt hat. Mir ist bewusst, dass sich mein kindlicher Ausdruck wieder in den einer erwachsenen Frau verändert. So ist das. Ich bin eine erwachsene Frau und in meinem Herzen ein Kind. Während ich meine Tasche wieder verschließe, lächle ich ihn an und verspreche ihm:

„Du wirst es herausfinden."

Es besteht immer die Chance, seine Meinung zu ändern

Wie jeden Nachmittag sitzt Walter als erster Gast in Charlies Café. Gut, dass hier eine Gitarre hängt, auf der jeder spielen darf, sonst hätte er heute sein eigenes Instrument mitbringen müssen. Er setzt sich auch gleich auf seinen Stammplatz und zupft mit halbgeschlossenen Augen hingegeben eine kleine Melodie. Charlie beobachtet ihn aufmerksam. Er ist anderes als sonst, das ist ihr schon aufgefallen als er zur Türe hereingekommen ist. Charlie ist angenehm berührt und sehr an einer Erklärung interessiert.

„Alles klar?"

Walter öffnet seine Augen ein wenig weiter, schaut sie aber nicht an. Er nickt nur beiläufig und lässt sich in seinem Spiel nicht stören. Hier fühlt er sich so wohl, als säße er in seinem eigenen Wohnzimmer.

„Ja, ja. Alles klar."

Das ist eine höchst unbefriedigende Antwort für die neugierige Wirtin. Sie will doch wissen, unbedingt wissen, ob der Stern an seiner Veränderung beteiligt ist.

64

Die Melodie, die er heute spielt, hat sie noch nie gehört. Sie gefällt ihr. Einen Versuch, ihn zum Reden zu bringen, unternimmt sie noch.

„Nette Melodie."

Walter nickt wortlos und zupft weiter. Ja, nette Melodie. Sehr, sehr nett. Unglaublich, dass sie mir wieder eingefallen ist, denkt er. Daran ist der Stern schuld. Wenn in diesem Fall eine Schuldfrage gestellt werden kann. Ich habe eigentlich gar nichts erwartet. Im Gegenteil, ich bin mir sehr blöd vorgekommen, dass ich ihn überhaupt genommen habe. Erklären kann ich es nicht, aber es ist etwas Gewaltiges passiert.

Noch gibt Charlie nicht auf. Obwohl sie davon überzeugt ist, mit der Zeit und irgendwann sowieso alle Neuigkeiten ihrer Gäste zu erfahren, platzt sie fast vor drängender Ungeduld.

Sie selbst hatte doch auch einen Stern geschenkt bekommen und mit ihm ist neuer Friede in ihr Herz eingezogen. Walter hat sicherlich eine interessante Geschichte zu erzählen. Verbindlich zeigt sie auf die Gitarre.

„Neu? Das Liedchen, meine ich."

Walter lächelt ein wenig

„Nein, nicht neu."

Nein, sie ist nicht neu, sinniert er. Ganz im Gegenteil. Das ist das Lied, das meine Tochter und ich gemeinsam hatten. Wir haben es oft gespielt. Bei allen möglichen Anlässen und Gelegenheiten haben wir es gespielt. Es war schön. So schön. Wie konnte ich es nur vergessen.

Sofort, nachdem ich gestern zuhause angekommen war, habe diesen Stern auf den Tisch gelegt, mich davorgesetzt und ihn angestarrt. Mir war absolut nicht klar, was ich mit dem Ding nun machen soll. Dann konnte ich meinen Blick nicht mehr von ihm abwenden, denn meine Faszination wurde immer größer. Irgendwann war sie so mächtig, dass ich vollkommen vergessen habe, Kontrolle über meine Gedanken auszuüben. Ich kann mich nicht erinnern, dass mir das jemals passiert ist und das überraschende daran war, dass es sich weder bedrohlich noch unangenehm anfühlte. Nein, ich fühlte mich frei und gelöst, wie in einer anderen Welt. Und dann hörte ich diese Melodie. Ich weiß nicht mehr, ob das außerhalb von mir oder innerlich geschah. Jedenfalls war die Musik da und hat mich an meine kleine Tochter erinnert. An das, was wir zusammen hatten. Ach, ich vermisse sie.

Als der Unfall passierte, war sie ein störrischer Teenager gewesen. Zu jener Zeit erlaubte ich mir, meinen Launen ungebremst Raum zu geben, was zur Folge hatte, dass meine Familie mürrisch und ungerecht von mir angeschnauzt wurde. Die Stimmung war unerträglich mies und meine Frau hat das wohl auch so gesehen, denn irgendwann ist sie ausgezogen. Unser Kind hat sie mitgenommen. Und ich, ich habe mich rückhaltlos in Selbstmitleid und Bitterkeit gebadet, bis deren Wellen mich überfluteten und platt wie eine Flunder am Strand zurückließen. Dazu gesellte sich anhaltender Schmerz im Bein. Ich konnte nicht mehr arbeiten. Sämtliche Versuche meiner kleinen Tochter, Kontakt mit mir aufzunehmen, habe ich abgeblockt. Ich Idiot. Ich wollte sie bestrafen, weil sie mich verlassen hatte. Wie blöd ist das denn. Ich habe so viel falsch gemacht. So viel. Im Prinzip alles.

Walter spielt beharrlich die neue, alte Melodie. Charlie gibt den Versuch auf, etwas aus ihm herauszuquetschen.

Stattdessen begrüßt sie Harry, der dieses Mal gleich zielstrebig zu Walters Tisch geht. Dort lässt er sich auf einen Stuhl fallen.

Ob Walter seine Ankunft bemerkt hat, ist nicht so gewiss, denn er spielt versunken, die Gitarre rauf und runter.

„Nette Melodie." meint Harry, nachdem er eine Weile zugehört hat.

„Neu?"

Walter spielt weiter. Harry registriert seinen entspannten Gesichtsausdruck. Irgendetwas ist mit ihm geschehen, überlegt er, und zwar innerhalb der letzten 24 Stunden. So habe ich ihn noch nie gesehen.

„Was ist mit dir passiert?"

Walter schaut auf und grinst ihn an. Ein bisschen viel Fragerei für einen Tag findet er. Das stört ihn aber nicht so sehr wie sonst, denn heute ist er glücklich. Harry wird zunehmend interessierter an Walters Gemütszustand.

„Du wirkst anders als sonst."

Harry wird nicht lockerlassen, bevor er eine befriedigende Erklärung erhalten hat. Das weiß Walter genau. Er hat die Wahl, Harry sein Erlebnis sofort zu erzählen oder ihn eine Weile zappeln zu lassen. Freundlicherweise entschließt er sich für die erste Variante.

„Der Stern. Es ist wegen dem Stern. Sie hat mir einen Stern gegeben."

Harry versteht die Sachlage noch nicht.

„Was für einen Stern?"

„Das Kind, bzw. die Frau, Dora, die Sterne-Frau war gestern im Café."

„Kind? Frau? Die Figur aus dem Radiobericht? Die war da, nachdem ich gegangen war?"

„Ja."

„Das ist nicht dein Ernst. Und?"

„Sie hat mir einen Stern geschenkt."

„Einen Stern geschenkt? So wie im Radio berichtet wurde, Ja? Und dann?"

„Dann ist etwas passiert, das ich bis jetzt auch nicht verstehe. Bei mir wurde innerlich ein Vorhang zur Seite geschoben. Ich konnte wieder an Früher denken. An meine Tochter. Als sie noch klein war. Noch mit mir zusammen. Es fühlte sich so gut an wie lange nichts mehr. Wahnsinn! Sie sagen, diese Sterne wären Botschaften aus dem Himmel. AUS DEM HIMMEL! Ich würde gerne dorthin gehen."

Harry versucht, diese Information zu verarbeiten. Schräg. Walter ist nicht der Schwärmer-Typ, ordnet er seine Überlegungen. Ich kenne ihn verbittert und zynisch. Was also um Alles in der Welt ist da los? Walter unterbricht seine Gedanken.

„Es war der Stern. Oder das, was durch diesen Stern durchkommt."

Harry glaubt nicht an solche Dinge. Walter eigentlich auch nicht, das weiß er. Jedenfalls war das bis gestern der Fall gewesen. Aber heute scheint das nicht mehr so zu sein und seine Veränderung ist nicht zu übersehen. Mehr als ein „Hmm" fällt ihm nicht ein. Es ist zu seltsam.

Dafür hat Walter eine Idee, die er seinem überraschten wortlosen Freund auch prompt mitteilt.

„Für dich wäre so ein Stern auch gut. Bestimmt."

Harry schreckt auf. Er ist noch nicht einmal fertig, die Veränderung seines Freundes zu verdauen. An die Möglichkeit selbst ins Spiel zu kommen, hat er noch gar nicht gedacht. Das überfordert ihn auch ein wenig.

„Wie meinst du das?"

„Du hast alles, was ich nicht habe, aber gerne hätte. Trotzdem wirkst du zutiefst unzufrieden. Du bist doch eigentlich ein „Macher. Aber „Machen" scheint dich hauptsächlich zu stressen. Das passt nicht zusammen, nicht wahr?"

„Wie bitte?"

„Wenn du eigentlich ein „Macher" bist, dir aber „Machen" keinen Spaß bringt, dann läuft irgendetwas falsch, denke ich. Was willst du?"

Harry schweigt betroffen. Walter hat es für ihn auf den Punkt gebracht. Er kennt ihn überraschend gut. Genauso ist es.

„Ständig stecke ich in etwas drin, das sehr viel Energie erfordert, ich aber eigentlich so nicht für mich wollte. Wie meinen Job zum Beispiel. Ich bin noch nie angekommen, so sagt man doch, bei einer Arbeitsstelle. Also innerlich angekommen, meine ich. Es ist kompliziert. Tief innen habe ich ein Bedürfnis, das hört sich vielleicht blöd an, etwas zu bewegen. Verstehst du? Mein Job ist nicht schlecht. Die Sache ist, was ich da mache, hat nichts mit mir zu tun. Ich träume davon, etwas Großes zu bewegen. Etwas, das bis in die Ewigkeit reicht und gut für viele Menschen ist."

Walter zieht seine rechte Augenbraue nach oben.

„Ah, du willst einen Nobelpreis gewinnen?"

Harry beachtet das nicht. Er kommt in Fahrt bei dieser seltenen Gelegenheit über sein Innenleben zu sprechen.

„Keine Ahnung was gerade los ist mit mir. Seit ich wieder zurück in meiner Heimatstadt bin, drängt sich mir die Erinnerung an einen ehemaligen Schulfreund auf. Er war so ein Opfer-Typ, weißt du. Mit so was war ich befreundet. Das hat mir nichts ausgemacht. Mir war es nicht wichtig, bei den angesagten Jungs an der Schule anerkannt zu sein. Sie waren sowieso nur in der Meute stark. Mit meinem Freund Fred, so hieß er, konnte ich wirklich Gemeinschaft und Spaß haben. Wir erzählten uns Alles. Ich wusste Bescheid über seine schwierige Familiensituation und sein Leben in einer heruntergekommenen Umgebung. Er war fast täglich bei mir zuhause, am liebsten wäre er bei mir eingezogen. Mir hätte das auch gefallen, weißt du? Er war mein Bruder, mein Freund, mein Vertrauter. Einmal wollte ich ihn, wie so oft, von zuhause abholen. Noch hatte ich sein Haus nicht erreicht, da sah ich wie die zwei schlimmsten, brutalsten Jungs aus seiner Nachbarschaft ihn in der Zange hatten und verprügelten. Er hat sich verhalten, wie ein Schaf auf der Schlachtbank und sich nicht gewehrt. Und weißt du, anstatt ihm zu Hilfe eilen, blieb ich wie angenagelt stehen. Ich hatte solche Angst, dass ich starr vor Schreck hinter einem Busch versteckt blieb. Dann habe ich mich aus dem Staub gemacht. Stell dir vor, ich bin davongelaufen, so schnell ich konnte und habe ihm nicht geholfen. Er hat es gewusst. Ich bin mir sicher. Er hat gewusst, dass ich da war. Wie unerträglich beschämend war das und ist es immer noch. Ich hätte niemals vermutet, dass ich so feige sein könnte. Von da an konnte ich ihm nie wieder in die Augen schauen. Ich mied ihn, ging ihm aus dem Weg. Unsere Freundschaft ist daran zerbrochen und bis zum heutigen Tag könnte ich in den Erdboden versinken, wenn ich daran denke. Wie hatte ich ihn nur so im Stich lassen können?"

Walter hört dieser erschütternden Beichte aufmerksam zu. Das erklärt einiges, findet er, aber zeig mir den Menschen, der noch nie einen Fehler begangen hat. Sanft bringt er sein Verständnis zum Ausdruck.

„Und jetzt denkst du, du bringst es nicht?"

Harry schüttelt den Kopf.

„Ich habe es jahrelang erfolgreich verdrängt. Aber ja, es ist doch so, was will man mit jemanden, auf den man sich nicht verlassen kann, anfangen."

„Und weil du nicht mehr selbst an dich glaubst, traust du dir die großen Dinge, die du eigentlich machen willst, nicht mehr zu?"

Harry schaut Walter erstaunt an. Ja genau, so ist es! Schon wieder hat Walter die Sache klar benannt. So einfach ist das. Seitdem traue ich mir nicht mehr allzu viel zu, weil ich Angst davor habe, im Ernstfall zu versagen.

Erschüttert über diese Erkenntnis stammelt er.

„Stimmt, das ist richtig, du hast recht."

Harry fühlt sich angeschlagen nach diesem tiefgehenden Gespräch. Er sagt nichts mehr. Walter auch nicht. Stattdessen nimmt der die Gitarre wieder hoch und vertieft sich wieder in die kleine Melodie, die ihm so viel bedeutet.

Charlie hat selbstverständlich das ganze Gespräch mit angehört, was sie durchaus in Ordnung findet. Sie ist die Chefin hier, es ist ihr Lokal, deswegen geht sie das auch etwas an. Wäre sie Romanautorin, könnte sie reichlich Stoff aus dieser unerschöpflichen Quelle verwenden. Das liegt aber nicht in ihrer Absicht, zumindest momentan nicht. Sie hört einfach gerne zu. Den Austausch von Walter und Harry findet sie überaus informativ. Er ist ganz so, wie sie er gerne hat. Doch obwohl sie sehr interessiert ist, schweifen ihre Gedanken zu dem Radiobericht, den sie heute Morgen gehört hat. Ein Wald-und-Wiesen-Sender hatte die Geschichte über das Sterntalerkind aufgegriffen und eine beunruhigende Nachricht gesendet. Charlie ist entsetzt. Doras Sterne sollen gestohlen worden sein. Natürlich kennt der Sender nicht ihren richtigen Namen. Sie haben über das

„Sterntalerkind" berichtet. Ich, ja ich kenne sie persönlich und ich bin schockiert, denkt sie. Ist es die Möglichkeit, dass jemand ihre Sterne klaut? Wer nur macht so etwas? Etwas geistesabwesend fragt sie Harry, was er bestellen will.

Harry befindet sich aus nachvollziehbaren Gründen in einem ebenfalls unkonzentrierten Gemütszustand. Deswegen darf man sich über seine Antwort nicht wundern.

„Einen Stern bitte."

Charlie schließt ihre Augen halb und erwidert geduldig:

„Bei mir kannst du „Charlie Spezial" bestellen."

Harry korrigiert sich ergeben.

„Bitte einmal „Charlie Spezial" und einen Stern."

„Tja, mein Freund, kulinarisch kann ich dir dienen. Was deinen zweiten Wunsch betrifft, wird mir das nicht gelingen. Es scheint, die Sterne stehen nicht mehr zur Verfügung."

„Bitte Charlie, gestern war doch diese Sterne-Frau hier. Und jetzt sieh dir Walter an. Charlie, ich will auch so einen Stern."

Bedauernd zieht Charlie ihre Schultern nach oben. Sie

hätte ihm sehr gerne einen Stern gegönnt. Würde er auf ihrer Speisekarte stehen, könnte jeder Gast so viel Sterne bekommen, wie er wollte. Aber leider, leider, so ist das nicht. Also teilt sie ihm mit:

„Du hast Pech, mein Guter. Irgendein gieriger Mensch wollte diese Sterne alle für sich allein. Das Sterntalerkind wurde Opfer eines Verbrechens. Das hörte ich heute Vormittag im Radio. Vom Täter fehlt jede Spur."

Es gibt nur einen, der nicht ausflippt

„Das war nicht der Plan, so war es nicht geplant!"

Ich, Dora, habe mich wieder auf die Holzbank in dem Park gesetzt, auf der ich auch an dem Tag gesessen hatte, als das Ungeheuerliche geschah. Ich bin bis in meine Grundfesten erschüttert. In meiner gesamten Laufbahn, und die ist sehr lange, ist so ein Eklat nicht vorgekommen. Verzweifelt halte ich die Arme um meinen Körper geschlungen und bewege mich rhythmisch vor und zurück. Das verschafft meinem Inneren Erleichterung. Es geht mir schlecht. Ein Mensch hat meine Sterne gestohlen. Wer hätte jemals gedacht, dass sie in die falschen Hände geraten könnten. Nachdem ich die Freude hatte, Charlie und Walter einen Gruß aus dem Himmel zu überreichen, war mir nach Stille zumute gewesen. Dazu suche ich Orte, wie diesen hier, auf. Unter freiem Himmel in einem Park, umgeben von Bäumen mit sanft rauschendem Blätterwerk, richte ich meinen Blick nach oben. Ich halte Zwiesprache mit dem, der mich geschickt hat. Ich muss eingeschlafen sein an jenem Tag, denn ich war müde und erschöpft. Als ich wieder zu mir kam, fand ich meine Tasche nicht mehr. Was für ein Desaster.

Wie lange ich schon auf dieser Bank sitze, weiß ich nicht, aber nun werde ich das einzig Richtige tun, was ich tun kann. Ich werde zu ihm rufen.

„Vater des Universums und der Erde, du hast mir deine Sterne anvertraut und ich war nicht wachsam genug gewesen. Jetzt sind sie alle weg. Keinen einzigen Stern habe ich mehr, den ich verteilen könnte. Was soll ich jetzt denn tun? Es ist schrecklich."

Hier sitze ich und warte auf eine Antwort, auf eine Begegnung, die er für mich hat. Ich bin aufgewühlt und sehr empört über diesen Vorfall. Ein klein wenig finde ich auch, er hätte auf die Sterne aufpassen können. Es kann ihm doch sicherlich nicht entgangen sein, dass ich eingeschlafen war.

„Die schönen Botschaften sind nun verloren. All die Menschen, die sie hätten bekommen sollen, warten vergebens. Das kann, es kann nicht dein Plan gewesen sein."

Was ich nun höre, erstaunt mich sehr. Woher ich das wissen will, fragt er mich.

„Aber Herr!"

Nein, natürlich, ich weiß es nicht, wie sollte ich? Ich dachte, es sei mein Auftrag, diese kostbaren Sterne zu überbringen. Übrigens liebe ich es, das zu tun. Solch eine Dreistigkeit, mir meine Tasche zu entwenden. Das macht mich wütend, wirklich wütend. Nicht einen Moment lang hätte ich mit so einem Raub gerechnet. Aufgebracht springe ich von der Parkbank auf. Gerne würde ich gehen, meine Tasche nehmen und gehen. Aber sie ist ja nicht mehr da und ich weiß auch nicht, wohin ich gehen sollte. Ich setze mich wieder hin. Meine Seele ist tief getroffen. Ich schlinge wieder meine Arme um mich und versinke in schweigende Grübeleien. So verharre ich lange Zeit, bis ich bemerke, dass Tränen über meine Wangen rinnen. Meine Wut hat sich in Traurigkeit verwandelt.

In all den Jahren, in denen ich in seinem Auftrag unterwegs war, habe ich die Erfahrung gemacht, dass ich nicht allein laufe, denn er begleitet mich. So richte ich meinen Blick auf ihn und teile ihm meine Gedanken mit.

„Vater des Universums und auch mein Vater, ich habe versagt. Du hast deine Geschenke für die Menschen in meine Hände gegeben und ich habe sie verloren. Ich war nicht achtsam genug. Nur ich bin dafür verantwortlich. Es ist ein großer Verlust, denn die Sehnsucht der Menschen nach Hilfe wird nicht gestillt werden. Es tut mir leid. Mein Vater, es tut mir leid."

Ich schließe meine Augen, und lasse mich in die Gewissheit fallen, dass sein Blick auf mir ruht. Die Zeit nimmt mich auf und vergeht, ich weiß nicht, wie viel davon. Alles braucht seine Zeit und alles hat seine Zeit. Zeit, um geboren zu werden und zu sterben, zu pflanzen, zu ernten, weinen, lachen, lieben und lieben zu lassen. Niemand drängt mich niemand zur Eile, weil es auch seine Zeit braucht, um zur Ruhe zu finden.

Meine Aufmerksamkeit wandert zu dem Ort, wo Gedanken und Herzschlag sich vereinen. Ich spüre, wie meine Atemzüge tiefer und länger werden. Frieden breitet sich in mir aus. Jetzt weiß ich es wieder. Nichts was geschieht, geht ungesehen an ihm vorbei. Auch dieses Unglück ist bei ihm gut aufgehoben. Er erwartet von mir nicht, perfekt und fehlerfrei zu sein. Trotzdem ich der Sterne beraubt bin, kommt Freude in mein Herz. Es ist nicht alles verloren. Es ist nicht gänzlich schlimm.

„Du hast gewusst, dass es passieren wird, nicht wahr? Du kannst aus allem etwas Gutes machen. Das habe ich oft gesehen."

Gerade wie ich zu überlegen beginne, wohin ich nun gehen soll, höre ich seine Stimme.

„Steh auf, laufe los, ich werde dir den Weg zeigen."

Ich stehe auf, streife meine zerknitterte Kleidung zurecht und mache mich auf einen Weg, den ich nicht kenne. Er führt mich aus der Stadt heraus. Dort beschreite ich einen ausgetretenen Pfad. Links und rechts stehen kniehoch Gräser und Feldblumen. Die Sonne zeigt sich hoch am Himmel, es ist warm und ein leichter Wind sorgt für angenehme Kühlung. Zitronenfalter flattern vor mir her und ich höre das Klopfen eines Spechtes vom nahen Wäldchen, an dem ich vorbeiziehe. So setze ich Schritt vor Schritt, genieße diesen schönen Sommernachmittag und bin gespannt, wohin mich die Reise führt.

Obwohl ich inzwischen schon einige Zeit unterwegs bin, fühle ich mich dennoch frisch und nicht ermüdet. Immer wieder falle ich in tiefe Gedanken, vergesse meine Umgebung und laufe und laufe. Ich weiß nicht, wie vorgerückt der Tag ist, aber mir scheint, es dämmert bereits. Eine karge Umgebung hat die sommersatte Landschaft abgelöst. Hier war ich noch nie und es wirkt befremdend auf mich. Die Silhouette zu meiner Seite verrät mir eine hügelige Gegend, aber deutlich sehen kann ich sie nicht. Nur der Weg, auf dem ich gehe, ist gut zu erkennen. Ich frage mich, aus welchem Material die Steine sind, die dort liegen, denn sie leuchten. Mir wird klar, dass ich inzwischen bekanntes Terrain, mit klar definierten physikalischen Gesetzen, hinter mir gelassen habe. Verstohlen blicke ich mich um, vielleicht entdecke ich Wesen, die dem menschlichen Auge normalerweise verborgen sind. Aber auch wenn das der Fall wäre, bleibt mir eine Offenbarung darüber verwehrt. Nun beginnt eine Steigung, deren Ende ich nicht absehen kann. Soweit mein Blick reicht, geht es immer weiter bergauf. Meine Beine beginnen schwer zu werden, doch tapfer setze ich einen Fuß vor den anderen. Schritt für Schritt. Die Sache ist schon lange mühsam und es wird nicht besser. Ich wünsche mir, dass das Ziel der Reise bald in Sicht wäre. Mein Zeitgefühl hat sich verselbstständigt und mich verlassen. Sämtliche Schatten und Umrisse, die ich vorhin noch wahrgenommen hatte, sind nun verschwunden. Sie wurden von der sich ausbreitenden Dunkelheit verschluckt. Nur der Weg scheint hell und zeigt mir klar die Richtung, in die es geht. Meine Kräfte erschöpfen sich zusehends und ich kann mir nicht vorstellen, noch weiterzulaufen. Für einen Moment überlege ich mir, diese Reise ins Unbekannte abzubrechen, ein wenig auszuruhen und dann den Rückweg anzutreten. Mittlerweile ist es finstere Nacht, aber sicher würde ich zurückfinden. Inmitten meiner Erwägung, ob ich diesen beschwerlichen Weg weiterverfolgen oder dieser Herausforderung ausweichen soll, fällt mir wieder ein, dass ER mich auf diesen Weg geschickt hat. Also raffe ich mich auf und entscheide mich, seiner Aufforderung nachzukommen, einen Weg zu gehen, den ER mir zeigen wird. Es wird ein guter sein, darauf vertraut mein Herz. Ja gewiss, denn solange ich ihn kenne, hat er mich noch nie in die Irre geführt. Wie ich die restliche Steigung bewältigt habe, kann ich nicht erklären, denn mit meinen körperlichen Kräften war es nicht mehr weit her. Vielleicht hat mich jemand getragen. Jedenfalls bin ich in erstaunlich kurzer Zeit oben angelangt. Mit beiden Beinen stehe ich nun auf dem Gipfel dieses hohen Berges. Ein wenig sacke ich in mich zusammen, gebe dann dem Bedürfnis nach, diese kühle, nächtliche Luft in meine Lungen strömen zu lassen. Schon beim ersten Atemzug spüre ich neuen Lebensodem durch meinen Körper fließen. Das fühlt sich fantastisch an. Einige Male noch atme ich tief ein und gewinne zusehends neue Frische. Lust, Neues zu entdecken, meldet sich und lässt mich einen Schritt nach vorne machen. Vor mir liegt ein Tal. Meine Augen weiten sich vor Überraschung, denn in nicht allzu weiter Entfernung sehe ich eine Stadt. Eine große Stadt, mit quadratischem Umriss. Ich ahne, dass sie mit hohen Mauern eingefasst ist. Sie ist erleuchtet wie am helllichten Tag, nein, noch heller. Dieses Licht wirkt unglaublich anziehend auf mich, lockt mich, in sie einzutreten. Ich wünsche mir nichts sehnlicher als in diesem selben Moment dort zu sein. Alte Erzählungen tauchen auf, ich weiß, ich habe von ihr gehört. Das ist die neue Stadt, von IHM erschaffen für die Ewigkeit. Was für ein Ziel. Dorthin will er mich also bringen, das übersteigt meine kühnsten Erwartungen und macht mich gleichermaßen dankbar wie aufgeregt. Vergessen ist der kräfteraubende Aufstieg. Ich fühle mich gerüstet für den weiteren Weg hin zu diesem verheißungsvollen Ort, zu dem ich nun wohl gehen darf. Noch einmal atme ich tief die klare Nachtluft ein und strecke Arme und Gesicht dem Himmel entgegen. Beschwingt von Lust und Freude setze ich mich eilends in Bewegung. Meine Schritte sind leicht und schnell und ich gewinne zunehmend Wegstrecke. Mit jedem zurückgelegten Meter nimmt meine Begeisterung zu und ich kann es kaum erwarten, diese unglaubliche Stadt zu erreichen.

Nun stehe ich vor ihrer gewaltigen Schutzmauer und fühle mich winzig klein. Durch ein weit geöffnetes Tor finde ich Einlass und gelange nach wenigen Schritten zu einem großen Haus. Es mutet mich herrschaftlich an und ich kann mich nicht erinnern, jemals so ein stolzes Gebäude gesehen zu haben. Trotz der Schlichtheit seiner Architektur, strahlt es in Schönheit und Reichtum. Die kostbarsten Paläste, von den Herrschern dieser Welt erbaut, könnten einem Vergleich nicht standhalten. Man möge mir meine dürftigen Beschreibungen verzeihen, ich kann es nicht besser. Staunend betrachte ich die ausladende, doppelflügelige Haustüre. Wie alt mag wohl das Holz sein, aus dem es gefertigt wurde? Es steht offen und ich werde von einem weiß gekleideten Mann eingeladen, ins Innere zu treten. An seiner Seite überschreite ich zuerst einen Innenhof und gelange dann ins eigentliche Haus. Ich stehe in einer Halle und bin überrascht, wie hell sie erleuchtet ist. Hier scheint überall das gleiche Licht, das viel heller leuchtet als es normalerweise auf der Erde der Fall ist.

Ich sehe Menschen, die an einem riesigen Tisch sitzen, fröhlich lachen und angeregte Gespräche führen. Das beeindruckende Möbelstück ist aus dunklem Holz gefertigt und wirkt sehr edel. Viele der Holzstühle, die um ihn herumstehen, sind noch nicht besetzt. Tonkrüge und mit Speisen gefüllte Schüsseln bedecken fast die gesamte Oberfläche. Ein anderer weißgekleideter Mann führt mich zu einem freien Stuhl und weist mir einen Platz zu. Von den Tischnachbarn werde ich freundlich begrüßt. Ich bin angenehm berührt von dieser einladenden Atmosphäre. Es ist wunderbar, hier zu sein. In Anbetracht der vielen Leckereien und dem anstrengenden langen Fußmarsch, der hinter mir liegt, spüre ich einen ordentlichen Appetit in mir aufsteigen. Mir wird eine Platte mit einer dampfenden Köstlichkeit darauf gereicht und ich darf mir meinen Teller damit füllen. Während ich mich dem Genuss dieser Speise hingebe, bemerke ich, dass meine Tischnachbarn mich neugierig betrachten. Ein Mann mittleren Alters spricht mich an.

„Wie heißt du?"

Eilig schlucke ich herunter und gebe gehorsam

Antwort.

„Dora, ich heiße Dora"

„Oh, ein sehr schöner Name."

„Ja, danke, mir gefällt er auch."

Er lächelt mich an und ich nehme noch einen Bissen. Seine Wissbegier ist wohl noch nicht befriedigt, denn nun will er erfahren, wer ich bin, was ich mache, wo ich herkomme und warum ich hier bin. Das sind viele Fragen. Obwohl ich alle meine Tischnachbarn zum ersten Mal sehe, erzähle ich meine Geschichte. Ein wenig kurz fasse ich mich schon, denn ich bin es nicht gewohnt, persönliche Dinge so schnell mitzuteilen. Aber ja, ich schildere, wie ich zu meinem Auftrag kam und sein trauriges Ende verschweige ich auch nicht. So schließe ich meinen Bericht, dem alle aufmerksam zugehört haben, mit den Worten ab.

„Ganz genau weiß ich nicht, warum ich hier bin. Aber ich weiß, dass ER mich hierhergeführt hat."

Einige nicken verständnisvoll und heißen mich in ihrer Mitte willkommen. Das Gericht auf meinem Teller dampft erstaunlicherweise immer noch und ich bin sehr gewillt, nichts davon übrig zu lassen. Nun, da ich ausgiebig Rede und Antwort gestanden habe, komme ich in diesen Genuss. Dass es einer ist, kann man wahrhaftig behaupten. Ich kann mich nicht erinnern, jemals so ein wohlschmeckendes Gericht gekostet zu haben. Es scheint auch nicht nur mir so zu gehen, denn alle meine Tischnachbarn sind nun hingebungsvoll mit Nahrungsaufnahme beschäftigt. Mittlerweile bin ich satt, lehne mich in die bequeme Stuhllehne zurück und beobachte die Gesellschaft, die mich so freundlich aufgenommen hat. Ob sie wohl Gäste sind, wie ich, oder etwa hier wohnen? Diese und noch etliche Fragen mehr, beschäftigen mich. Ein Mädchen schiebt ihren leeren Teller ein Stück von sich weg, steht auf und nimmt eine Gitarre von einem Haken an der Wand. Sacht streicht sie über die Saiten, dreht etwas an den Stellschrauben, um sie zu stimmen, dann spielt sie ein paar Akkorde. Sie scheint eine Könnerin auf diesem Instrument zu sein, denn eine zarte, eindringliche Musik schwebt durch den Raum. Ich schließe meine Augen und höre ihrem Spiel zu. Dann singt sie mit einer tiefen samtigen Stimme ein Lied, das mich sehr berührt. Sie bedankt sich bei IHM, der diesen Tisch bereitet und uns als seine Gäste eingeladen hat. Ich kann ihren Worten nur beipflichten. Aus dem Geraune um mich herum schließe ich, dass es den anderen auch so ergeht. Sie singt über seine Freundlichkeit, seine guten Absichten und Gedanken über die Menschen und über die Schönheit, die in allem zu bestaunen ist, was er gemacht hat. Über einige Wangen rollen Tränen und wie ich, nicken sie immer wieder zustimmend zu ihren Worten. Ich fühle mich auf unglaubliche Weise mit dieser Gemeinschaft hier verbunden, so stelle ich mir „zuhause angekommen sein" vor.

Das Lied ist zu Ende. Ich verharre noch ein wenig in Versunkenheit. Während ich so sitze und beinahe vergesse, nicht allein zu sein, spüre ich eine elektrisierende Veränderung im Raum. Jede einzelne meiner Körperzellen ist aktiviert und will sich ausstrecken. Ich schaue auf und sehe IHN. Ihn, den Hausherrn. In weiße Gewänder gehüllt steht er da, mitten unter uns! Er ist es, der uns hier in sein Haus gebracht und zu einem Festessen eingeladen hat. Gebannt blicke ich auf ihn, denke nicht darüber nach, dass auch er mich anschaut, meinen Blick festhält. Ich versinke in dieser Begegnung und fühle mich in Absolutheit angenommen. Es ist alles, alles gut. Dann werde ich rot vor Freude als er zu mir sagt.

„Dora, wie schön, dass du da bist. Ich freue mich sehr."

All die anderen, die mit mir am Tisch sitzen, lächeln und nicken mir freundlich zu. Ja, ich versichere, meine Worte reichen nicht aus, um zu beschreiben, wie ich mich fühle. Es ist schön. Es ist schön. Es ist schön.

Schwestern wissen mehr
als man denkt

Harry hat die Kinder vom Kindergarten abgeholt und sich von Mara zum Essen einladen lassen. Mara kocht wundervolle Gerichte, die er aus Kindertagen kennt. Es gibt Frikadellen, dazu eine spezielle Tunke, deren Rezept man in keinem Kochbuch findet und Kartoffelsalat. Ihre Mutter brachte leidenschaftlich gerne neue und manchmal auch gewöhnungsbedürftige Kreationen hervor. Harry freut sich auf den bevorstehenden Genuss. Der herrliche Duft des Essens umzieht seine Nase. Er grinst:

„Hübsche Abwechslung zu Marmeladenbrot."

Mara lacht. Auch wenn Charlies Marmeladenbrot lecker schmeckt, pflichtet sie ihrem Bruder unumwunden bei.

„Willst du ein Bier?"

„Klar, gerne."

Harry spießt eine Frikadelle auf die Gabel. Er verzichtet darauf, sie klein zu schneiden und beißt gleich so von ihr ab. Wie früher, stellt Mara fest. So hat er sie schon immer gegessen. Wie schön, dass er nicht mehr in Australien lebt und nun bei ihr ist.

„Wie gefällt dir dein neuer Job?"

„Gut."

„Vermisst du Australien?"

„Nein, ich bin lieber hier."

„Warum warst du dann so lange dort?"

„Das hat sich so ergeben."

An Gespräche dieser Art kann sich Mara gut erinnern. So ungefähr hatte sich das angehört, wenn Mama versuchte, etwas aus ihm herauszuquetschen. Wie befriedigend kann doch eine Berichterstattung in ganzen, ausführlichen Sätzen sein. Einen Versuch ist es noch wert, beschließt sie.

„Hast du dich hier wieder gut eingelebt. Vielleicht findest du noch Freunde von früher. Es sind nicht alle weggezogen."

Im Augenblick verspeist Harry seine dritte Frikadelle und wäre auch ohne Small Talk zufrieden. „Alte Freunde von früher" ist nicht das Thema, über das er mit seiner Schwester sprechen will. Dementsprechend mager fällt seine Antwort aus.

„Ja, kann sein."

Mara konzentriert sich jetzt auch auf ihren Teller. Harry zu einem Gespräch anzuregen, scheint nicht zu gelingen. Weil ihr nichts mehr einfällt, lässt sie es bleiben. Harry geht es genauso. In seinem Kopf ist kein Freiraum für Konversation. Er ist mit Spekulationen über die verwunderliche Entwicklung seines Freundes Walter und den verschwundenen Sternen zum Platzen angefüllt. Harry will nicht an diesen „Unsinn" glauben, erliegt aber dem verführerischen Gedanken, dass so ein Stern möglicherweise auch eine Chance für ihn wäre. Und dann, ja dann ist da noch die andere Sache. Dafür brauche ich auch so ein Ding.

Mara beobachtet ihn aufmerksam.

„An was denkst du?"

Harry reagiert nicht, weil er ganz und gar in Gedanken versunken ist. Sehr unhöflich, findet er, nachdem er bemerkt hat, dass er seit Minuten schweigend am Tisch sitzt.

„An was denkst du, Harry?"

Ich erzähle es ihr jetzt, entschließt er sich.

„An Walter. An das, was der Stern, also wahrscheinlich der Stern, ich nehme das mal an, bei ihm verändert hat."

Mara ist die Geschichte mit den Sternen nicht unbekannt, denn sowas spricht sich schnell herum. Trotzdem staunt sie, dass ihr Bruder sie in so einer Weise erwähnt.

„Du überraschst mich? Hältst ausgerechnet du es für möglich, dass es wahr ist? Die Veränderung von deinem Freund führst du tatsächlich auf die Wirkung eines Sternes zurück? Verteilt von einer dubiosen Frau, von der niemand genau weiß, ob sie ein Kind oder eine erwachsene Frau ist und wo sie überhaupt herkommt? Ich fasse es nicht, Harry!"

„Könnte doch sein. Ja, ich neige dazu, das anzunehmen. Ganz genau."

Staunend registriert Mara völlig unbekannte Züge an ihrem Bruder. Er, der nie, niemals auf solche Fantastereien angesprungen ist. Harry Macher sollte er heißen. Harry alles selber Macher. Harry alles mit sich selber Ausmacher. Das ist er immer noch. Sollte die Wirkung dieser Sterne so einschlagend sein, dass so ein harter Brocken wie ihr Bruder einer ist, plötzlich Sehnsucht nach Hilfe bekommt?

„Was hat das mit dir zu tun. Warum bist du so durch den Wind?"

94

Harry schweigt. Er platzt fast an der Anspannung, die ihn im Griff hält. Vorsichtig wägt er ab, was er zugeben kann.

„So ein Stern könnte mir eventuell auch helfen."

„Helfen? Bei was?"

„Wenn ich das mal wüsste. Und wenn ich es wüsste, dann wüsste ich nicht, wie ich damit umgehen soll. Was bringt die Erkenntnis, wenn der Ausweg fern ist. Man sitzt da und zerfleischt sich selbst."

Harry schmeißt die Gabel auf den Tisch. Gerade war es noch so gemütlich gewesen bei Frikadellen und Kartoffelsalat. Diese Mara! Seine kleine Schwester! In den zehn Jahren meiner Abwesenheit ist sie eine erwachsene Frau geworden und verhält sich auch so, stellt er fest.

Dora stochert mit ihrer Gabel als verlängerter Zeigefinger in seine Richtung.

„Hat es etwas mit deinem früheren Freund zu tun? Mit diesem Fred?"

Entsetzt starrt Harry sie an. Erwischt.

„Was weißt du darüber?

„Nur weil ich 10 Jahre jünger bin als du ... was denkst du denn? Du hast ihn doch täglich mit nach Hause gebracht. Ich kann mich sehr gut an ihn erinnern.

Jahrelang, die gesamte Schulzeit, wart ihr dicke Freunde. Er hat mir öfter kleine Süßigkeiten zugesteckt und Spaß mit mir gemacht. Ich habe mir ernsthaft überlegt, ob ich ihn heiraten werde, wenn ich erwachsen bin. Plötzlich kam er nicht mehr. Von einem Tag auf den anderen. Was ist geschehen? Und dann wolltest du weg, so weit wie möglich. Hat dir die Distanz bis Australien nicht geholfen?"

Harry zuckt resigniert seine Schultern durch sein.

„Solange ich in Australien war, schon."

„Sag jetzt bitte einmal, was damals vorgefallen ist."

„Geht dich nichts an. Ich habe mich blöd verhalten. So ungeheuer blöde, dass ich es kaum wahrhaben will."

Mara ist klar, dass sie nicht mehr erfahren wird. Na dann. Sie stapelt das gebrauchte Geschirr übereinander und jongliert es in die Küche. Harry folgt ihr. Trotz der langen Trennung und des Altersunterschiedes von 10 Jahren sind sie sich vertraut, hatten den Kontakt mit allen zur Verfügung stehenden Mitteln gepflegt. Der ansonsten umgängliche Harry bedauert bereits den rauen Ton, den er seiner Schwester gegenüber angeschlagen hat. So erklärt er ihr mit einer Mischung aus Versöhnlichkeit und Verzweiflung:

„Ich will auch so einen Stern. Aber sie sind alle weg."

Mara streift ihre feuchten Hände an der Hose ab.

„Sie sind alle weg? Wie meinst du das?"

„Gestohlen. Jemand hat sie gestohlen. Das wurde im Radio berichtet, hat Charlie erzählt."

„Wer, in aller Welt, bemächtigt sich der Tasche einer alten Frau, oder eines Kindes?"

„Keiner weiß das und wenn ich es doch wüsste, dann könnte der Dieb was erleben."

Maras Verwunderung über ihren Bruder könnte nicht größer sein, als sie gerade ist.

„Einer wie du, will so einen Stern haben und nun geht das nicht, weil sie nicht mehr da sind. Es ist ein bisschen lustig, finde ich."

Für seinen Geschmack hat Harry sowieso schon viel zu viel verraten. Auch wenn er kaum jemand so vertraut, wie seiner Schwester, empfindet er die Situation etwas aus der Kontrolle geraten. Um sich zu retten, wechselt er das Thema.

„Ah, so ganz nebenbei, ich habe ein Mädchen gesehen, das mir gefällt."

Mara ist immer wieder erstaunt, mit welcher Leichtigkeit er die Gesprächsrichtung wechselt. Das nun mal ist jedoch eine interessante Nachricht.

„Ui, wirklich? Erzähle! Wo hast du sie denn kennengelernt?

Vergangenen Samstag war er mit den „Tierrettern" auf der Suche nach streunenden Hunden unterwegs gewesen. In früheren Jahren musste man sie davor retten, von profitgierigen Hundefängern für Tierversuche verkauft zu werden. Mittlerweile dient der Rettungseinsatz dem Ziel, den Tieren eine Heimat zu geben. Man sollte nicht glauben, wie häufig sie einfach ausgesetzt werden. In Urlaubszeiten kommt es besonders oft vor. Selbstverständlich wurden sie auch an diesem Samstag fündig. An einer Parkbank angebunden, jaulte ein sehr junger Golden Retriever. Harry kraulte den Welpen hinter den Ohren und versuchte ihn mit sanfter Stimme zu beruhigen.

„Bist du lästig geworden? Sie sind es nicht wert, so einen wundervollen Hund zu haben, wie du einer bist. Hörst du? Keine Angst, wir bringen dich in Sicherheit."

Bei der Gelegenheit hat er sie getroffen. Im Tierheim. Einige Male seit seiner Rückkehr war er schon dort gewesen, doch sie hatte er bis dahin noch nicht gesehen. Auf seine Frage, ob sie gerade angefangen hätte, hier zu arbeiten, lachte sie und erklärte ihm, dass ihr Einsatzgebiet normalerweise nicht die Rezeption ist. Sie sei zuständig für die Katzenabteilung und die wäre auch riesig. Ihre freundliche Art hatte es ihm angetan.

Mara beobachtet ungeduldig, dass er in Gedanken abschweift.

„Ja und, hast du mit ihr geredet. Wie heißt sie?"

„Keine Ahnung, ich weiß nicht, wie sie heißt. Ich habe nur ein Mädchen gesehen, das mir gefällt."

Damit kann man nicht viel anfangen, denkt sich Mara. Ich sehe auch Männer, die mir gefallen. Bin ich deswegen mit ihnen zusammen? Nein, so ist das nicht. Schön wäre es. Rachel hat recht. Ich werde jetzt dankbar dafür sein, dass sie sich in meine Privatangelegenheiten mischt. Auch Harry sollte eine Freundin haben, davon ist sie überzeugt.

„Du solltest tun, was alle tun, wenn sie einen Partner haben wollen."

„Ah, will ich das?"

„Du solltest dich auf einem dieser Portale für Partnersuche umschauen. Da wimmelt es von beziehungswilligen, attraktiven, netten Menschen, die noch nicht vergeben sind. So hofft man zumindest."

„Heißt das, man findet dort, was übrigbleibt?"

„Ich denke doch nicht. Meine Freundin behauptet, es gibt Auswahl wie Sand am Meer, was doch sehr gut ist, nicht wahr?"

„Ja, meinst du? Das sollte ich nach deiner Meinung tun? Das Mädchen würde mir ausgesprochen gut gefallen."

„Na ja, kennst du das Sprichwort mit den Tauben auf dem Dach und den Spatzen in der Hand? Bestimmt ist sie in einer Beziehung."

„Du meinst, ich soll mich mit einem Spatzen zufriedengeben? Es ist nicht so wichtig. Ich brauche das nicht unbedingt."

„Vielleicht ja doch. Denk drüber nach."

„Ist gut. Ich denk drüber nach."

„Jetzt gleich?"

Harry wird das zu viel. Er möchte den Besuch bei seiner Schwester gerne abbrechen, an einem anderen Ort sein. Zuviel zu erzählen ist einfach ein Fehler, denkt er. Ja, eine Partnerin zu haben, stellt er sich schön vor. Aber er ist nicht der, der er gerne für eine Frau sein will. Nicht mehr. Schon lange nicht mehr. Sein Selbstvertrauen und seine sprudelnde Lebenslust der jungen Jahre sind geschwächt. Ach herrliche, unbeschwerte Zeit, wo bist du hin? Der Tag, an dem das alles kaputt ging, an dem so Schlimmes vorgefallen war, ist nicht vergessen. Je länger er sich wieder in der Stadt, in der er aufgewachsen ist, aufhält, desto mehr wacht die Erinnerung auf.

Ich weiß nicht, wie ich mich so verhalten konnte, wirft er sich vor. Niemals hätte ich mich in dieser Versager Ecke vermutet. Ich war so stark. Aber es ist passiert. Unumkehrbar und gnadenlos. Es kann nicht mehr ungeschehen gemacht werden. Vor zehn Jahren hatte ich die Scherben meines Lebens unter den Teppich gekehrt und sorgsam darauf geachtet, dass keine davon hervorkommt. Jetzt bekommt er Löcher, dieser Teppich, die von Tag zu Tag größer werden. Hässliche, klaffende Löcher, die immer weniger verbergen und mein so gut verstautes Geheimnis preisgeben.

Ich kann nicht anderes, erkennt er, ich muss dieses Problem angehen. Aber wie, bitte, wie soll das geschehen. Ich will mir wieder in die Augen schauen können. Ich will meinen Mann stehen und mich in Ordnung fühlen. So wie früher! Wie soll das gelingen? Vielleicht hilft mir so ein Stern dabei. Ich habe Walter gesehen, der sich mit zynischem Humor über Wasser hielt, bevor er so ein Ding hatte. Walter ist nicht der Typ Mensch, bei dem man eine

Veränderung erwartet. Und nun? Er wirkt so entspannt und zufrieden. Es ist unglaublich. Harrys Überzeugung, dass er auch so ein Geschenk braucht, festigt sich.

„Im Moment denke ich darüber nach, wie ich zu einem Stern komme."

Mara wundert sich über die Hartnäckigkeit seines Wunsches. Ihr Bruder! Da sitzt er nun nach so vielen Jahren Abwesenheit. Verändert. In Erinnerung hat sie einen tatkräftigen, optimistischen Kerl. Einen Anführer, immer eine gute Idee auf Lager, immer bereit, sie umzusetzen. Charismatisch war er, zog mit seiner positiven Energie andere mit. Der Mensch hier ist zurückhaltend.

Gut, damals war ich ein Kind mit heimlichen Heiratsabsichten, seinen Freund Fred betreffend, überlegt sie. Ich hatte ihn mit den Augen einer kleinen Schwester angehimmelt. Er war mein Held. Unglaublich, dass er so von Sehnsucht nach Hilfe erfüllt ist, die von einem albernen Stern kommen soll. Wenn Walter nicht ein lebendes Beispiel für die Glaubhaftigkeit dieser seltsamen Geschichte wäre, würde ich nur darüber lachen. Ja, genau das würde ich tun. Lachen. Komisch, komisch ist das Alles. Möglicherweise würde es helfen, wenn er lernt, über sein Problem zu reden, vermutet sie. Die Hürde, die er dafür nehmen müsste, ist mit Sicherheit hoch. Mara ist von der heilenden Wirkung überzeugt, die Sprechen über Dinge, über die man nicht spricht, bringt.

Sie wünscht ihm alle Hilfe, die er bekommen kann, um sein Leben wieder in Ordnung bringen. Und ja, wenn so ein Stern dazu nützt, sollte er einen haben. Findet sie.

Wie gut, dass es Vögel und Katzen gibt

Dicke schwere Regenwolken hängen am Himmel. Heute wird es nicht hell werden, denkt Harry. Momentan regnet es nicht, Harry zieht sich seine Jacke über, er will laufen. Sein Bewegungsdrang ist groß, es ist Samstag und er hat freie Zeit. Er braucht die körperliche Anstrengung um die vielen Stunden, die er sitzend im Büro verbringt, auszugleichen. Die Nacht zuvor war ein schweres Unwetter übers Städtchen gezogen. Abgebrochene Äste und umgestürzte Pflanzkübel zeugen davon. Die sonst so aufgeräumte Gegend schaut zerfleddert aus, denn der ganze Boden ist mit Scherben und abgerissenen Blättern bedeckt. Harry umgeht eine riesige Pfütze. Kind müsste man sein, denkt er und eilt dem Stadtrand entgegen. Eigentlich verbringt er seine Samstage als Badeaufsicht im Freibad. Gleich nach seiner Rückkehr hat er sich dafür zur Verfügung gestellt. Heute jedoch wird niemand schwimmen gehen, so gehört der Tag ihm und er gedenkt einen ausgiebigen Spaziergang zu machen. Für ihn ist es

104

das Beste, was er tun kann, um seinen Kopf freizubekommen, denn das Gespräch mit seiner Schwester verfolgt ihn schon die ganze Woche. Außerdem hat sie bereits nachgehackt, ob er inzwischen auf einer Dating-Plattform aktiv geworden ist. Er befürchtet, dass er vor ihrer schwesterlichen Fürsorge so lange keine Ruhe haben wird, bis er ihren Vorschlag umgesetzt hat. Na gut, ich kann es auch gleich machen, beschließt er, dann hat sie ihren Frieden und ich meine Ruhe. Schwesterchen, murmelt er, das mache ich für dich, klar? Mein Ding ist so etwas nicht. Ich würde lieber auf konventionelle Weise eine Frau kennenlernen.

Harry setzt sich auf die nächste Parkbank, die er entdeckt. Sein Handy hat er dabei, na dann, denkt er, sucht und findet eine Dating Plattform. Als er das lange Formular, das es auszufüllen gilt, sieht, vergeht ihm die nicht vorhandene Lust dazu. Aber um es hinter sich zu bringen, macht er sich an die Arbeit. Was die alles wissen wollen, staunt er, und beantwortet die vielen Fragen. Überprüft werden diese Angaben sicher nicht, denkt er. Hier kann jeder alles behaupten, ob es stimmt oder nicht, steht auf einem anderen Blatt. Da gibt es bestimmt einige Überraschungen beim Date, vermutet er. Na gut,

Schwesterherz, du einzige Familie, die ich habe, ich bin angemeldet, jetzt gibt es nichts mehr zu meckern. Harry lädt das attraktivste Foto, das er von sich findet, hoch. Neugierig blättert er ein wenig durch die Seiten. Eine hübsche Frau nach der anderen schaut ihm entgegen. Er liest ein wenig in ihren Beschreibungen und wundert sich, dass sie trotz ihrer ausgezeichneten und hervorragenden Eigenschaften immer noch auf der Suche nach einem Partner sind. Harry grinst, denkt, wenn die Hälfte davon wahr ist, dann sind sie immer noch wunderbar. Ich kenne zwar keine von ihnen, obwohl das in dieser Kleinstadt durchaus möglich wäre, aber wahrscheinlich war ich zu lange fort. Wer weiß, vielleicht ändert sich das bald und ich kann mich nicht mehr retten vor Angeboten. Er hat schon von Freunden gehört, dass „daten" anstrengend sein kann. Wir werden sehen, denkt er und steckt sein Handy weg.

Die Parkbank, auf der er seinem Leben gerade eine neue Wende gegeben hat, ist feucht vom vielen Regen. Harry spürt die Nässe durch seine Hose dringen und beschließt, dass es jetzt Zeit ist, weiterzulaufen. Weil seine Schnürsenkel locker sind, setzt er sich noch einmal hin und bindet sie neu. Gerade als er aufspringen will, bemerkt er einen kleinen Vogel, der bewegungslos auf dem Boden kauert. Harry sucht mit seinen Augen die Baumkrone ab, kann aber kein Nest entdecken. Die sieht man nicht so leicht, weiß er. Hierlassen darf er das Tierchen nicht, wenn es überleben soll. Harry wühlt in seiner Jackentasche und zieht eine zusammengefaltete Papiertüte herauskommt. Die formt er zu einem Nest, drückt in die Mitte eine Kuhle hinein und hebt den kleinen Vogel vorsichtig in die improvisierte Tragevorrichtung. Das ist zwar nicht der Rolles Royce unter den Vogelboxen, erklärt er dem zitternden Tier, aber es erfüllt seinen Zweck. Keine Angst, ich bringe dich jetzt an einen Ort, wo dir geholfen wird.

Harry kennt die Adresse des Tierheimes und ist nicht traurig, dass er einen Grund hat, dort aufzutauchen. Nein, das ist er nicht. Im Gegenteil, er freut sich über die überraschende Wende des Tages und macht sich mit seinem Fund auf den Weg. Vor seinem inneren Auge taucht das Bild einer jungen Frau auf. Sie hat grünblaue Augen, von denen er sehr fasziniert ist und ihre blonden zurückgebundenen Haare würde er gerne einmal offen sehen. Zugegeben, ihren Kleidungstil muss man ignorieren, aber das fällt ihm nicht schwer, weil er ihr

Lächeln sehen will und deshalb sowieso nicht auf Nebensächlichkeiten achtet. Harry eilt schnellen Schrittes durch die regennassen Straßen. Es ist nicht mehr weit bis zum Ziel. Heute ist ein guter Tag, findet er, denn er sieht vielleicht dieses ungewöhnliche Mädchen, das seit Tagen in seinen Gedanken herumschwirrt.

Harry schaut sich hilfesuchend um, entdeckt aber niemand, der ihm weiterhelfen kann. Weiter hinten im Gebäude sieht er eine Frau vorbeihuschen. Sie ist es, freut er sich, super, sie arbeitet heute. Was für ein Glück. Doch schon ist sie wieder verschwunden und hat ihn nicht bemerkt. Er steht immer noch allein in diesem kleinen Vorraum, der sich Rezeption nennt. Währenddessen kauert der kleine Vogel bewegungslos in dem Papiernest. Er sollte versorgt werden, findet Harry. In Richtung Katzenabteilung hört er Stimmen und setzt sich dorthin in Bewegung. Seinen Schützling bedeckt er vorsorglich mit seiner Hand und klopft an. Und ja, die Sonne geht auf. Sie öffnet die Türe, erkennt ihn, schlüpft schnell heraus und lächelt überrascht.

„Für diesen Fund ist das aber die falsche Abteilung. Lasst uns nach vorne gehen, wir wollen nicht riskieren, dass er keinen Doktor mehr braucht."

Beide lachen. Harrys kann seinen Blick nur schwer von diesem heiteren Gesicht losreißen. Es ist bezaubernd, denkt er, ich könnte sie immerzu anschauen. Sie erklärt ihm, dass sie gerade nicht viel Zeit für ihn übrighat, weil ihre Assistenz beim Impfen der Katzen benötigt wird. Dann geht sie aber mit ihm nach vorne und bittet eine Kollegin, schnell für sie einzuspringen.

„Heute ist Samstag, da sind wir immer gut besetzt."

Harry hat ein wenig Mühe, seine Gedanken zu sammeln, was ihm dann aber doch noch gelingt.

„Sind Sie nicht jeden Tag hier?"

„Nein, nicht jeden Tag, ich habe auch noch einen anderen Job."

„Ah, das erklärt, warum ich Sie nicht jedes Mal sehe, wenn ich ein Tier abliefere. Das kommt sicherlich einmal pro Woche vor."

Röschen lächelt begeistert, was wiederum Harrys Konzentration einschränkt. So ein Glück, dass der Empfang heute nicht besetzt war, denkt er, sonst hätte mir gleich jemand den Vogel abgenommen und die Gelegenheit sie zu sehen wäre futsch gewesen. Röschen nimmt ihm nun aber den Vogel aus der Hand. Hoffentlich verschwindet sie jetzt nicht sofort, hofft Harry und versucht sie in ein Gespräch zu verwickeln.

„Machen Sie das schon lange hier?"

„Seit ein paar Jahren, vier oder fünf sind es bestimmt."

„Wow, ich mag Leute, die sich für andere engagieren. Mensch oder Tier, das ist egal."

„Ich engagiere mich lieber für Tiere."

„Sie sind hier bestimmt in Ihrem Element. Alle aufgegriffenen Katzen können sich glücklich schätzen."

Röschen freut sich über das ehrlich gemeine Kompliment. Sie empfindet es nicht als Schmeichelei, das wäre ihr auch unangenehm gewesen. Ein wenig errötet sie, was sie sichtlich verlegen macht, gibt aber das Lob zurück.

„Die Tiere, die von Ihnen gefunden werden, sind auch gut dran."

Einmal mehr ist er von ihren schönen Augen und ihrem Lächeln eingefangen. Er beachtet ihre weite, formlose Kleidung, die ihre Gestalt fast vollständig verbirgt, nicht. Es ist ihm unwichtig. Spontan bietet er ihr das „Du" an.

„Wollen wir uns duzen. Sozusagen sind wir doch Verbündete."

Harry ist von sich selbst überrascht, denn so viel

Verwegenheit ist er von sich nicht gewohnt. Wenn er an einer Frau interessiert ist, kommt ihm seine Schüchternheit in die Quere. Das ist ihm leider oft passiert.

Röschen nimmt das Angebot an. Sie freut sich darüber und wundert sich insgeheim über dieses Angebot, denn auch sie ist vom Erfolg in Beziehungsangelegenheiten nicht verwöhnt.

Immer noch mit dem Vogelnest in ihrer Hand schaut sie sich suchend um.

„Der muss jetzt versorgt werden," beschließt sie. Laut ruft sie nach einer Kollegin, die streckt den Kopf kurz durch die Türe und verspricht, gleich zu kommen.

Während die Beiden auf Hilfe warten, lauschen sie der Radiosendung, die gerade ausgestrahlt wird. Tatsächlich sagt eine Sprecherstimme die „Die Stunde der bizarren Neuigkeiten" an, was Harry in helle Aufregung versetzt. Er vergisst, dass sie erst seit fünf Minuten per du sind und das Mädchen kaum kennt.

„Diese Sendung habe ich erst vor Kurzem gehört. Unglaublich was da berichtet wurde. Hörst du sie öfter?"

„Ja. Das ist meine Lieblingssendung. Sie kommt jede Woche und ich kann es kaum erwarten, bis es so weit ist.

All die außergewöhnlichen Geschichten, die man da hört … wirklich interessant, nicht wahr?"

„Ja, stimmt. Das heißt, ich habe keine Ahnung, über was sie sonst berichten. Per Zufall habe ich vor einer Woche einen haarsträubenden Bericht über ein sogenanntes „Sterntalerkind" gehört."

Röschen zuckt zusammen. Ihre Freundinnen haben für ihren Geschmack schon eine Grenze mit diesem sehr privatem Thema überschritten, doch von einer fremden Person damit konfrontiert zu werden, findet sie noch unangenehmer. Aber Harry ist dabei, eine Türe zu ihrem Herz zu öffnen. So bringt sie es nicht fertig, sich zu entziehen. Seltsamer Zwiespalt, denkt sie, dieses Gespräch will ich nicht führen, aber ich unterhalte mich so gerne mit ihm, dass ich es trotzdem mache. So stimmt sie ihm zu.

„Es ist so interessant, geheimnisvolle Geschichten zu hören, nicht wahr?"

„Eigentlich bin ich nicht der Typ, der sich auf Behauptungen dieser Art einlässt. Ich mag lieber greifbare Fakten. Aber ja, du hast recht. Sicherlich existiert viel mehr Unbegreifliches, als man jemals vermuten würde."

Obwohl dieses heiße Thema für Harry so wichtig ist, kann er nicht anders, als Röschen zu beobachten. Sie hat wunderschöne Augen, denkt er. Weit auseinander stehend und groß sind sie, türkis wie Bergseen. Röschen sagt nichts, vermittelt ihm aber mit einem leichten Nicken, dass sie immer noch beim „Sterntalerthema" ist. So fühlt sich Harry ermutigt, seinerseits dabeizubleiben.

„Als ich die Sendung hörte, wurde gerade von einer Frau berichtet, die Sterne unter den Menschen verteilt. Zuerst dachte ich: "Blödsinn in Reinform". Aber ein Freund von mir hatte einen Stern erhalten und sich daraufhin ganz unglaublich positiv verändert. Das ist faszinierend und gleichzeitig verlockend. Und weißt du was? Je mehr ich darüber nachdenke, desto größer wird mein Wunsch, auch einen zu bekommen. Aber ob du es glaubst oder nicht, jemand hat die Sterne gestohlen. Man hat keine Chance mehr, einen zu ergattern. Auch diese Frau ist spurlos verschwunden und seitdem nicht mehr aufgetaucht."

Röschen weiß das und die Seite in ihr, die nicht mehr reden will, gewinnt an Überhand. Trotzdem gibt sie eine Antwort.

„Ja, ich habe es gehört. Die Frau ist ebenfalls

113

verschwunden."

„So wird es vermutet. Ich möchte so sehr gerne einen Stern haben. Aber wie? Und wo?"

Röschen zuckt hilflos ihre Schultern. Ihre Augen werden ein wenig dunkler und verlieren auch ihre Offenheit. Sie ist von der Intensität, mit der dieser neue Bekannte seinen Wunsch ausdrückt, betroffen. Da kann sie ihm leider auch nicht helfen, denkt sie. Die unbeschwerte Offenheit zwischen ihnen ist dahin. Harry spürt das auch. Das will er nicht. So vertraut hat er sich schon lange nicht mehr mit jemand unterhalten. Warum zieht sie sich jetzt zurück? Habe ich mich zu bedürftig gezeigt? Mag sie das nicht? Habe ich mich gleich am Anfang als „Meme" zu erkennen gegeben? Aber so bin ich. Das ist die Wahrheit. Oh mein Gott, es läuft gar nicht gut

Die Tür geht auf und eine junge Person, weiblich, mit Bürstenhaarschnitt stürmt herbei.

„Sorry, tut mir leid, es ging nicht schneller. Röschen, danke für deinen Einsatz an der Rezeption … Oh, was bringen Sie denn mit? Ein Vögelchen… „

„Es lag auf dem Boden. Ein Nest konnte ich nicht entdecken. Aber wahrscheinlich ist es noch zu jung zum

Fliegen und muss gefüttert werden."

„Gut, dass wir den Tierarzt gerade zum Impfen im Haus haben. Der kann sich die Verletzung gleich ansehen. Ich kümmere mich darum. Vielen Dank für die Tierhilfe."

Damit nimmt sie Röschen das Papiertütennest ab und eilt mit ihm davon.

Er sollte sich verabschieden, das weiß er. Aber gerade dazu hat er keine Lust. Sie ist jetzt verschlossen, sagt nichts mehr. Er bezieht das auf sich. Sicher will sie einen Mann, bei dem sie sich anlehnen kann. Das bin ich wohl nicht. Ich bin jemand, der einen Stern „braucht". Harry ist bekümmert. Um sich keine weitere Blöße zu geben, grüßt er schließlich doch mit einem beiläufigen: „Dann geh ich mal wieder".

Alte Freundschaften halten, weil sie alt sind

Kaum hat Charlie die Tore ihres Cafés aufgesperrt, stürmen die drei „Mädels" ihr Lokal. Selbst Walter war noch nie so früh dagewesen, und das will etwas heißen. Zur Abwechslung soll der Kartenspielnachmittag nicht bei Mara zuhause stattfinden, sondern hier. Harry übernimmt die Kinder, was für ein Glück, denkt Mara und freut sich auf die freie Zeit mit ihren Freundinnen.

Charlie bietet heute Holundermarmeladenbrot an. Ihre Speisekarte ist zuverlässig. Mara, Rachel und Röschen bestellen sich jede eines. Der eigentümlich süß-herb-wilde Geruch von Holunder steigt in die Nase und wenn man ihn mag, bekommt man unbedingt Lust, sich solch ein Brot einzuverleiben.

Mara bedankt sich, als sie die Köstlichkeit serviert bekommt und erntet ein freundliches Lächeln von Charlie. Rachel bemerkt kaum, dass der Teller vor ihr steht, weil sie mit ihrem Handy beschäftigt ist. Charlie wartet nicht auf ein Dankeschön von ihr. Ein bisschen ärgert sie sich aber trotzdem, weil Rachel ihr Marmeladenbrot nicht würdigt. Gleich beißt sie rein und merkt nicht mal, dass sie es tut, vermutet sie. Nicht so Röschen. Diese liebt es und greift herzhaft zu. Allein würde sie niemals in ein Café gehen, auch nicht zu Charlie. Dazu ist sie zu schüchtern. Heute

nutzt sie die Gelegenheit, im Schlepptau ihrer Freundinnen hier zu sein und in den Genuss von Kneipenluft und besagter Köstlichkeit zu kommen.

Mara holt die Spielkarten aus ihrer Tasche und mischt den Stapel. Sie fordert die in ihr Handy vertiefte Rachel auf, abzuheben. „Sofort", murmelt diese abwesend, stoppt dann mit einem kleinen Begeisterungsschrei ihr Display und hält es Mara unter die Nase.

„Hier. Das ist er."

Mara weicht etwas nach hinten aus und schaut sie fragend an.

„Wer?"

„Na, dein Date. Den attraktiven jungen Mann, den ich für dich gefunden habe."

Mara weiß, Rachel ist zielstrebig und hartnäckig. Die langjährige Freundschaft mit ihr hat sie gelehrt, dass der Energieaufwand sich ihr zu widersetzen, hoch sein wird.

Im Gegensatz zu der Freundin hat sie deren Idee bereits erfolgreich verdrängt und hätte sicher keinen Gedanken mehr daran verschwendet. Warum sollte sie das tun? Die Idee gefällt ihr nicht, jedenfalls nicht, wenn sie es selbst machen soll. Sie will das nicht tun. Es war so angenehm, nicht daran zu denken. Nun ja, es nützt nichts, denn Rachel hat sich vorgenommen, ihrer Freundin einen Partner zu suchen. Weil Mara von einer ausgeprägten Harmoniesucht gesteuert wird, fehlt ihr die Entschlossenheit, nein zu sagen. So hat sie nicht den Mumm, Rachel die Stirn zu bieten, obwohl ihr das am liebsten gewesen wäre. Stattdessen kommt ein schwacher Protest.

„Wie bitte?"

„Ich sagte doch, wir probieren das."

„Wenn du dir etwas in den Kopf gesetzt hast!"

„Jetzt schau ihn dir doch mal an. Größe stimmt, Alter auch, er ist attraktiv und wohnt sogar in unserer Nähe."

Fakt ist, dass Mara nichts anderes übrigbleibt, wenn sie den gemütlichen Kartenspielnachmittag nicht aufs Spiel setzen will. Also gibt sie sich einen Ruck und schaut widerwillig das Foto an. Mit einem Aufschrei schiebt sie Rachels Hand weg.

„Den kenne ich. Ihr kennt ihn auch. Röschen, schau ihn dir an. Er war in unserer Schule zwei Klassen über uns. Nein, den kann ich nicht treffen. Das geht nicht."

Röschen begutachtet die Fotographie und verzieht ihr Gesicht zu einem schiefen Grinsen. Was in ihrem Kopf so vorgeht, fragt sich Mara. Keiner weiß es. Für Rachel ist sie auch ein Buch mit sieben Siegeln. Jetzt aber warten beide gespannt auf ihre Antwort.

„Ja sicher kennen wir ihn. Er hat im Schultheater mitgespielt, erinnert ihr euch?"

Rachel betrachtet ihren Fund genauer. Röschen hat recht, auch sie erkennt ihn wieder.

„Stimmt, er hatte immer die Rolle des Butlers oder etwas in der Art. Aber wo ist das Problem? Er schaut doch nett aus, oder nicht?"

Röschen, die schon in jungen Jahren Situationen mehr beobachtet, als an ihnen teilgenommen hat, weiß wo das Problem liegt.

„Das Problem ist sein festgefrorenes Lächeln. Es wirkte auf mich wie „angeknipst". Ich kann mich an eine gruselige Situation mit ihm erinnern. Er kam mit diesem Lächeln auf mich zu, beziehungsweise war er in meine

Richtung unterwegs. Ohne seinen Gesichtsausdruck auch nur im Geringsten zu verändern, schaute er mich zuerst kurz an, dann durch mich hindurch und lief weiter. Er zeigte nicht einmal ansatzweise eine Reaktion. Meiner Meinung nach hätte er genauso gut ein Roboter sein können. Das war eigenartig und unangenehm. Keine Ahnung, ob er mich überhaupt registriert hatte."

Rachel, immer noch in sein Foto vertieft, nickt bestätigend.

„Stimmt, du hast recht. Mir ging es genauso mit ihm. Hier lächelt er nicht. Möglicherweise hat er sich verändert. Willst du es nicht doch mit ihm versuchen?"

Nein, das will Mara keinesfalls. Mit dankbarem Blick auf Röschen, die ihr ein überzeugendes Argument geliefert hat, würgt sie Rachels Vorschlag ab.

„Er würde nicht in mein Beuteschema fallen. Niemals."

In der Hoffnung, dem Thema ein Ende bereitet zu haben, teilt sie die Karten aus. Bitte, bitte lass es gut sein, Rachel, lass uns den freien Nachmittag genießen, denkt sie, während diese eifrig auf der Dating-Seite weiterblättert. Es dauert auch nicht lange, bis sie lautstark

120

verkündet, fündig geworden zu sein. Aufgeregt fuchtelt sie mit ihrem Handy vor Maras Nase.

„Das ist er! Mara, der hier passt zu dir! Schau ihn dir an!"

Die hat aber keine Lust, schiebt die ausgestreckte Hand weg und schaut nicht richtig hin. Weil ihr die Sache so unwirklich erscheint und weil sie ihre Ruhe davor haben will, macht sie einen Fehler. Mit den Worten: „Weißt du was Rachel, such du einfach jemand aus, ich vertraue dir," gibt sie der Freundin freie Hand.

Rachel steckt zunächst ihr Handy in die Tasche zurück und ist sich im Augenblick nicht so klar darüber, ob sie Maras fehlendes Engagement enttäuschend oder richtig gut finden soll. Na gut, aufgeschoben nicht aufgehoben, denkt sie sich und widmet sich zur Freude ihrer Mitspielerinnen endlich dem Kartenspiel. Mara wirft eine Karte in die Tischmitte, sagt die Farbe an und hofft, dass es keine weiteren Störungen gibt.

Je länger Rachel den Gedanken, dass sie das Date für Mara aussuchen darf, bewegt, desto besser gefällt er ihr. Sie schmunzelt zufrieden. Gute Entscheidung Mara, denkt sie, denn viele Köche verderben den Brei. Um diese zufriedenstellende Entwicklung zu zementieren, legt sie nach.

„Die Aufmerksamkeit eines netten Mannes verstärkt das Selbstbewusstsein."

„Ich habe kein Problem mit meinem Selbstbewusstsein."

„Na, umso besser."

„Ich weiß nicht, Rachel, mein Bauch sagt nein, nein, nein.

Zugegeben, meinem Bruder habe ich das Gleiche empfohlen … das ist gut für ihn, aber für mich? … Ich weiß nicht. Übrigens, ein anderes Thema. Ich muss euch etwas erzählen."

Röschen hat wie gewohnt der Unterhaltung nur zugehört. Das hindert sie nicht, trotzdem ihre Chancen wahrzunehmen. Triumphierend wirft sie ihre Karten in die Mitte.

„Stich."

Rachel sortiert den Kartenstapel in ihrer Hand und überprüft ihre Möglichkeiten. Sie verliert nicht gern. Gegen niemand. Außerdem will Mara ablenken, denkt sie. Aber wie immer, siegt ihre Neugierde.

„Erzähl"

Mara setzt von neuem an.

„Mein Bruder hat mir eine wilde Geschichte erzählt. Es gibt eine Frau, bzw. ein Kind, niemand weiß so genau, was sie nun ist, die Sterne verteilt. Ursprünglich sollen diese Sterne aus himmlischen Regionen stammen. Für den, der in den Besitz eines Solchen gelangt, entfaltet er dann eine wundersame Wirkung."

Rachel nickt, die Geschichte kennt sie schon.

„Ja, kam im Radio. Ich habe das gehört. Per Zufall, solche Sender wähle ich normalerweise nicht. Sehr lustige Geschichte. Haha."

Mara ignoriert die Unterbrechung und fährt fort.

„Also dieser Walter, mit dem mein Bruder sich immer im Café trifft …"

Rachel zieht ihre Augenbrauen nach oben.

„Walter? Wer ist Walter?"

Sie hat kein Bild zu Walter. Vielleicht schaut er gut aus, überlegt sie … und ist frei und ungebunden?"

„Ja, doch, Walter. Du bist zu selten hier und kennst ihn nicht. Ein Stammgast von Charlie. Eigentlich müsste er hier sein. Also Walter hat wohl so einen Stern bekommen, von dieser Sterne-Frau, in diesem Café, stellt euch das vor."

Rachel starrt stirnrunzelnd auf ihre Karten. Spontan

kann sie sich nicht zwischen Spott und Ungläubigkeit entscheiden, stattdessen lacht sie. Mara lässt sich aber nicht beirren in ihrem Bericht.

„Er ist, so sagt mein Bruder, drastisch verändert seither. Lach mich aus oder lach mich nicht aus, Rachel, mein Bruder hat Walter noch nie so entspannt gesehen. Direkt glücklich soll er gewesen sein. Mara wendet sich an beide Freundinnen. „Stellt Euch doch mal vor, was sich da für Möglichkeiten auftun, falls man das Glück hat, einen Stern zu bekommen."

Rachel schließt ihre Augen. Na, das ist doch mal was. Immer wieder erstaunlich, mit welch einem Unsinn die Leute sich abgeben. Sie hat schon viel gehört, aber das hier toppt alles bisher Dagewesene.

„Dann mal nichts wie her mit dem Wunder Drogen Stern, der umsonst verteilt wird. Ich will auch einen. Spiel jetzt endlich."

Mara nickt, ordnet ihre Karten, wirft eine auf den Stapel.

„War mir klar, dass du das nicht glauben wirst. Röschen, wie siehst du solche Wundererscheinungen?"

Röschen windet sich unbehaglich. Unmutig druckst

sie mit einer Antwort herum. Die versteht aber niemand, weil sie viel zu leise und undeutlich spricht. Wie zudringlich ist das denn, findet sie. Wundergläubigkeit offenbart die Sehnsucht einer Seele nach Erlösung. In diesem Fall meiner Seele, und das geht nun wirklich niemand etwas an. Weil Röschen „Röschen" ist, kommt sie ohne Statement durch. Mara weiß noch nicht so genau, was sie von der Geschichte halten soll, möchte aber gerne mehr darüber erfahren. Wer, wenn nicht Charlie, könnte dafür die richtige Informantin sein.

„Charlie, darf ich dich etwas fragen?"

Die Angesprochene ist ganz Ohr, selbstverständlich im Bilde und bereit, mit ihrem Wissen zu Diensten zu stehen.

„Sicher, wenn ich dir weiterhelfen kann."

„Du bist ja immer hier."

„Ja."

„Dann hast du bestimmt gesehen, dass diese geheimnisvolle Sterne-Frau in deinem Lokal war."

„Ja."

„Walter hat einen Stern bekommen. Stimmt das?"

„Ja."

Rachel und Röschen folgen gespannt der Unterhaltung, die einem Verhör gleicht. Rachels Grinsen wird immer schiefer, belustigt streicht sie ihr Haar nach hinten. Vor Charlie hat sie Respekt, deshalb behält sie ihre Meinung für sich. Röschen macht das Gleiche, will aber im Gegensatz zu ihr gerne gehen. Weit weg von diesem Thema will sie sein, denn es kommt ihr viel zu nahe. Mara triumphiert. Ein Funke Glauben ist in ihrem Herzen schon durch die Erzählung von Harry entstanden. Wie gut, dass Charlie jetzt alles bestätigt hat.

„Genau das hat mein Bruder auch erzählt. Wo ist Walter. Ich will sein Erlebnis unbedingt hören. Er muss alles erzählen."

„Walter kommt heute nicht."

„Heute kommt er nicht? Ausgerechnet heute, wo er sonst doch täglich hier ist. Ach Schade."

Rachel kann nicht anders, sie muss ein wenig sticheln.

„Lass dir doch einfach auch so einen Stern geben."

Mara seufzt resigniert.

„Ja, und jetzt kommt's. Das wird nicht möglich sein."

„Warum nicht?"

„Weil alle Sterne gestohlen worden sind."

Rachel lässt ihrem Spott mit einem Lachen freien Lauf.

„Na, dann lass uns doch lieber Dinge verfolgen, die möglich sind. Dein Date zum Beispiel. Ich verspreche dir, die Wirkung wird ähnlich wie bei einem Stern sein. Nur ganz ohne Fantastereien."

Zum allgemeinen Erstaunen drängt nun Röschen darauf, weiterzuspielen. Mit gutem Grund. Keines der beiden Themen, über die in der letzten halben Stunde gesprochen wurde, gefällt ihr. Obwohl sie sich sorgt, Rachels Aufmerksamkeit bezüglich eines Dates könnte sie doch noch treffen, entflieht ihr eine Bemerkung.

„Du kannst auch nicht aus deiner Haut, nicht wahr."

Rachel setzt sich mit einem Ruck auf. Von Röschen lässt sie sich sicherlich nicht maßregeln.

„Wie bitte? Sei du mal still."

Rachel überfliegt Röschens Erscheinung mit prüfendem Blick. Von ihr ist sie einiges gewohnt, was entgleiste Kombinationen völlig unpassender Kleidungsstücke betrifft. Heute trägt Röschen einen dicken Rock aus Wolle, dazu ein kariertes Baumwollhemd. Eine Augenweide, wie Rachel zynisch findet. Wahrscheinlich ist der Rock selbstgestrickt. Bei ihrer Tasche, die sich zugegebenermaßen außerhalb jeglicher modischen Diskussion befindet, bleibt ihr Blick hängen.

„Mein Gott, wie du wieder aussiehst. Und diese

Tasche."

Rachel greift rasch nach vorne und will die Tasche zu fassen bekommen. Das gelingt ihr aber nicht, denn Röschen weicht geschickt aus und hält sie fest.

„Na gut, dann behältst du dieses edle Teil eben. Ich wollte gut zu dir sein. Was hast du denn in diesem verbeulten Ding drinnen?"

Mara versucht zu beschwichtigen und lächelt Röschen gutmütig an.

„Lass sie doch in Ruhe. Röschen, das wird wohl Futter für deine Tiere sein. Du findest solche schönen Dinge wie diese Tasche immer auf Flohmärkten, nicht wahr?"

Röschens blaue Augen blicken dankbar für die Rettung vor der forschen Rachel.

„Genau ... Tierfutter."

Rachel hasst Widerstand. Im Allgemeinen und ganz besonders von Leuten, die sie in der Hackordnung unter sich wähnt. Erneut versucht sie, die Tasche zu greifen. Mit ausbleibendem Erfolg. Röschen befindet sich inzwischen in Alarmbereitschaft. Gereizt über ihren Misserfolg, setzt die taffe Freundin ihr verbal zu.

„Bist du besorgst, dass dir ein hungriges Tier über den Weg läuft?"

128

Röschen sorgt hastig für mehr Abstand zwischen ihrer Tasche und Rachel. So weit wie möglich schiebt sie ihren Stuhl von ihr weg. Innerlich zitternd und äußerlich um Beherrschung bemüht, bleibt sie aufrecht und ruhig sitzen. Trotzdem, keinesfalls will sie jetzt in Greifnähe der Freundin sein. Sie muss weg von hier, und zwar schnell und weit. Mit Entschlossenheit setzt sie das in die Tat um. Konträr zu ihrer Befindlichkeit legt sie behutsam ihre Karten auf den Tisch, steht auf, erklärt den Beiden, dass sie gehen muss und ist im Nu draußen.

Rachel und Mara blicken ihr verblüfft hinterher. Kopfschüttelnd rätselt Rachel:

„Ist sie auf der Flucht? So schlimm war ich nun auch wieder nicht."

Mara zuckt hilflos die Schultern. Sie bedauert, dass Röschen sich vertreiben lassen hat. Schade.

Auch Charlie beobachtet Röschens Abgang. Niemand sieht den Funken der Erkenntnis in ihren Augen. Sie wird warten und schweigen. Ja, und eines Tages könnte der Fall eintreten, dass sie nicht nur Rezeptbücher schreibt, sondern die vielen unterhaltsamen, dramatischen, aufregenden Geschehnisse, die in ihrem Café vorkommen, zu Romanen verarbeitet. Sie spürt es, eine

Hammer-Geschichte liegt in der Luft. Nicht umsonst verfolgt sie Tag für Tag die Gespräche ihrer Gäste. Zugegeben, es gibt langweilige Zeiten mit langweiligen Gästen, das kommt schon vor. Nur, aktuell kann man das nicht behaupten, findet sie. Wie gut, dass sie so einen ausgesprochen interessanten Job hat, nicht wahr?

Harmoniesucht braucht Grenzen

Achselzuckend akzeptiert Rachel den vorschnellen Aufbruch Röschens. Doch, ja, auf meine Art und Weise mag ich das verhuschte Ding, denkt sie, auch wenn ich nicht unbedingt den Eindruck mache.

Durch die vielen gemeinsamen Erlebnisse im Lauf der vielen Jahre sind die drei Freundinnen zusammengewachsen. Trotz ihrer Differenzen hat sich eine Vertrautheit entwickelt, die Rachel schätzt. Aber nun findet sie es auch nicht gänzlich schlimm, ihre Freundin Mara für sich allein zu haben und wendet sich ihr zu.

„OK, das war`s wohl für heute. Dieses Röschen! Normalerweise spielt sie doch gerne. Was ist das denn wieder, läuft mitten unterm Spiel weg! Wie egoistisch von ihr. Bestellen wir uns noch etwas? Charlie, machst du mir bitte eine Tasse Kakao?"

Charlie beschäftigt sich gerade wieder einmal mit ihrem Radio und versucht geduldig den richtigen Sender einzustellen. Wie jeden Tag will sie die „Stunde der bizarren Neuigkeiten" hören. Vielleicht, so hofft sie, gibt es inzwischen beruhigende Berichte bezüglich der Sterne.

Auf Rachels Bestellung reagiert sie kein bisschen. Sie hat gerade keine Zeit dazu. Lust auch nicht. Man muss kein Stammgast sein, um zu begreifen, dass hier unübliche Regeln herrschen. Wie bereits erwähnt, Rachel hat Respekt vor Charlie, deshalb beschwert sie sich nicht lauthals, sondern flüstert ihren Unmut nur Mara zu.

„Hat sie das gehört?"

„Ich weiß nicht."

„Ziemlich unmöglich! Will sie kein Geschäft machen?"

„Ich werde hingehen."

„Mara, du bist zu gutmütig. Es ist ihr Betrieb, sie bekommt unser Geld. Sie sollte für die Zufriedenheit ihrer Gäste sorgen. Es ist ihr Job, das zu tun. Hast du schon einmal etwas von „Der Gast ist König" gehört?"

„Ach, Blödsinn. Nein, ich bin nicht zu gutmütig, und wenn schon. Ich muss sowieso mal raus, es liegt auf dem Weg."

„Na gut, dann bestelle noch ein Marmeladenbrot für mich. Fatalerweise schmecken die so gut, dass ich zwei oder drei Stück davon essen könnte. Gut, dass ich hier nicht oft sitze, sonst …"

„Wieviel willst du?"

„Eins."

Rachel nutzt Maras Abwesenheit, sich in ihrem Dating Portal einzuloggen. Den letzten Kandidaten, dessen Foto sie vorhin gesehen hat, findet sie interessant. OK, den würde ich möglicherweise sogar selbst treffen wollen, überlegt sie. Irgendwie kommt er ihr bekannt vor, ihr fällt aber keine Verbindung zu ihm ein. Na ja, Kleinstadt eben, denkt sie. Irgendwann hat man jeden schon mal getroffen und weiß es nicht mehr. Er macht einen freundlichen Eindruck. Für Mara ist das sicher die richtige Wahl. Der könnte passen, sie braucht auf jeden Fall einen netten Mann, entscheidet sie und schreibt kurzerhand eine Nachricht an ihn. Befriedigt, weil sie die Pause so effektiv genutzt hat, steckt sie ihr Handy zurück in die Tasche.

Mara und Charlie konnten sich wohl auf einem Deal einigen, denn die Wirtin balanciert ein Tablett zu ihrem Tisch. Der wabbelnde Inhalt zweier Tassen verbreitet aromatischen Duft. Rachel zieht ihn genüsslich in ihre Nase. Sie lächelt erwartungsvoll und bedankt sich dieses Mal sogar bei Charlie.

Wieder zurück, wirft Mara ein Stück Zucker in ihre Tasse und schaut bekümmert auf den leeren Stuhl, auf dem eigentlich Röschen sitzen sollte. Der freie Nachmittag ist noch nicht zu Ende. Leider, bedauert

Mara, ist die Freundin geflüchtet.

Im Gegensatz zu ihr hat Rachel einen Plan für die restliche Zeit. Die Gelegenheit ergibt sich günstig, denn jetzt kann sie Mara ungestört bearbeiten und von ihren Plänen überzeugen. Mara sammelt die Karten ein, ist schweigsam und wirkt ein wenig traurig. Sie kennt Röschen besser. Sie weiß, dass ihr beherrschter Abschied Fassade war. Warum nur ist sie so aufgebracht, dass sie unseren gemeinsamen Nachmittag abbricht, wundert sie sich. Selbst für Mara ist diese Reaktion nicht nachvollziehbar. Weil sie über das rätselhafte Verhalten der verschwundenen Freundin grübelt, hört sie Rachel nur mit halbem Ohr zu.

„Noch einmal zum Thema zurück, Mara, ich habe das Date schon organisiert."

Maras Herz wird schwer, denn sie denkt gerade daran, dass jeder auf seine Weise einsam ist. Aber Menschen wie Röschen haben es noch schwerer, glaubt sie. Sie ist zu viel allein. Man wird komisch, wenn sich die ganzen Alltagsdinge mit niemand teilen lassen. Oh, Gott, das passiert mir vielleicht auch bald. Meine Situation ist nicht viel besser. Abgesehen von den Kindern und den Besuchen meines Bruders, lebe ich mutterseelenallein.

Dafür bin ich nicht, absolut nicht geschaffen.

Dann realisiert Mara, was Rachel gesagt hat. Diese Nachricht findet sie bedrohlich und ganz entgegen ihrer ausgeglichenen Art fährt sie entgeistert auf.

„Wie bitte, das ist schon erledigt? Soll das heißen, du hast alles unter Dach und Fach gebracht?"

„Ja, nicht jedes Ding braucht Weile, um gut zu werden."

„Rachel, wirklich."

„Du hast mir die Ermächtigung gegeben."

„Aber doch nicht so schnell."

„Warum nicht? Das wird ein Blind Date für Beide. Wie aufregend. Er kennt nur mein Foto. Ich habe ihm geschrieben, dass ich einen Mann für meine Freundin suche."

„Oh Gott, ich bin überfordert. Das finde ich nur in Filmen gut. Nicht in meinem richtigen Leben. Bist du noch bei Trost. Es geht viel zu schnell."

"Übertreibe jetzt nicht so grauenhaft."

„Ha ... bitte, Rachel!"

„Ach komm schon, auch das geht vorüber."

„Wie erkenne ich ihn. Muss ich als Erkennungszeichen ein dickes, gelb eingebundenes Buch unter den Arm

135

klemmen? Trägt er dann eine gelbe Rose im Knopfloch? Oder wie läuft sowas? Rachel, ich habe Angst!"

Mara lacht jetzt hysterisch, weil sie sich hilflos fühlt. Sie findet das Ganze nicht im Geringsten lustig. So hat sie sich die Entwicklung ihres Lebens nicht vorgestellt. Es ist noch nicht so lange her, da war ich in einem zuverlässigen Konstrukt, genannt Ehe, gut aufgehoben, denkt sie. Ich wiegte mich in Sicherheit, dachte bis ans Lebensende mit einer Beziehung versorgt zu sein. In meinem Fokus war aber nur mein Lebensende, nicht seines. Sicherlich werden Ehen beendet, aus unterschiedlichen Gründen werden sie das. Nur meine nicht. Mir wird das nicht passieren. Dachte ich. Ja, dachte ich.

Charlie weiß als versierte Zuhörerin unangebrachte Kommentare zu vermeiden. Auch wenn sie ihr auf den Lippen brennen. Trotzdem bedauert sie aktuell ihre begrenzte Freiheit, sich an dem Gespräch beteiligen zu dürfen, denn sie mag Mara. Gerne hätte sie sie getröstet. Aber nein, das wird sie nicht tun. Lieber schweigt sie. Mara ist die Lust zum Reden vergangen und schweigt ebenfalls. Rachel versucht es nochmal.

„Mit einer Blume im Haar geht es auch. Ehrlich, Mara, es ist nur ein Date. Jemand will dich kennenlernen. Du triffst ihn, gefällt er dir und du ihm, trefft ihr euch wieder und sonst eben nicht."

Mara stößt einen tiefen Seufzer aus. In Gedanken stimmt sie Rachel zu. Wo bitte sonst soll man jemand kennenlernen. Vor der KiTa und auf dem Spielplatz trifft sie Paare oder alleinerziehende Mütter, was sich als wenig hilfreich erweist. Zahnarzt, Müllmann, Kaminkehrer, alles keine Option. Die Milch kauft sie auch im Supermarkt. Ich werde das machen, denkt sie, aber nicht allein.

„Klar. Es ist nicht schlimm. Vielleicht macht es sogar Spaß."

„Wo du recht hast, hast du recht."

Rachel atmet erleichtert auf, der Zustand hält nur nicht lange, denn nun stellt Mara eine Bedingung, mit der sie nicht gerechnet hat.

„Gut, ich treffe mich mit dem Mann deiner Wahl. Aber ihr werdet mitkommen."

„Wie bitte?"

„Wir gehen gemeinsam."

„Was meinst du mit gemeinsam? Ich soll auch dabei sein?"

„Ihr sollt Beide dabei sein. Ich, du und Röschen."

Einen kurzen Moment entgleist Rachels Gesichtsausdruck. Sie lacht ungläubig auf.

„Bist du noch bei Trost. Zu dritt? Ha ... unglaublich!"

Rachel steigert sich umso mehr in ihre Abwehr, als Mara nicht darauf reagiert.

„Wir halten uns an den Händen fest, falls es gefährlich wird. Unter dem Tisch, damit es nicht auffällt."

„Wir werden gemeinsam zu diesem Date gehen. Ich, du und Röschen."

„Hast du gesehen, in welchen Klamotten Röschen heute aufgetaucht ist. Wir müssen sie komplett neu einkleiden. Du hast das gesehen. Du warst dabei. Ganz zu schweigen von ihren Flohmarktfunden, die sie mit sich herumschleppt. Diese Tasche ist dir nicht entgangen, ja? Unglaublich das Ding. Es verschafft mir fast Respekt vor ihrem Mut, bzw. ihrer Gleichgültigkeit, was irgendwer, irgendwie davon halten könnte. Mara, ich habe einen Ruf zu verlieren. Tu mir das nicht an. Sie wird die ganze Zeit dabeisitzen und kein einziges Wort sagen. Du kennst sie doch, bitte!"

Wenn Rachel näher am Wasser gebaut wäre, würde sie jetzt weinen. Vor Verzweiflung. So einer Situation ausgesetzt zu sein, gefällt ihr nicht. Mitnichten. Das ist in

138

der Tat nicht so, wie sie es sich wünscht. Mara! Echt jetzt! Hilflos resigniert sie bei der Erklärung derselben.

„So trau ich mich aber mehr."

Der Spaß, den Rachel bis gerade eben noch bei diesem Abenteuer hatte, verflüchtigt sich zusehends. Er droht im Äther zu verschwinden und nicht mehr gesehen zu werden. Und nur, nur weil es eine Aktion für die beste Freundin ist, die sie hat, steht sie jetzt nicht auf und geht.

Mara lacht. Sie findet ihren Einfall gut. Als Dreierpack zu einem Date zu gehen, ist unverfänglich und doch eigentlich ziemlich witzig. Je länger sie darüber nachdenkt, desto amüsierter wird sie.

„Rachel, wir werden viel Spaß haben."

Viel Spaß? Rachel ist spontan und wenn es nicht gerade um ihren guten Ruf geht, wenig konventionell. Auch wenn ihre Motivation einen herben Schlag erlitten hat, kann sie immer noch Maras Bereitschaft sehen. Das findet sie so gut, dass sie sich von deren heiterer Stimmung anstecken lässt. Nach und nach gewinnt sie die Überzeugung, dass ein Date zu viert ziemlich lustig werden kann und steigt auf die schräge Idee ihrer Freundin ein.

„Wir werden synchron sprechen oder wir teilen unsere

Antworten in drei Teile auf. Wir schreiben sie auf Karten und er darf jeweils eine ziehen."

Mara lacht belustigt. Ihr fällt auch noch etwas ein.

„Wir lassen ihn raten, wer nun diejenige ist, die er treffen will."

Rachel kichert begeistert.

„Na dann, ich kann es kaum erwarten. Übrigens, wo soll das Treffen sein? Hast du eine Idee?"

„Ja, habe ich. Hier in Charlies Café wird es sein."

Es ist einfach ein Fehler, zu viele Fragen zu stellen, schimpft sich Rachel. Hier, diesen freakigen Ort hat sie sich ausgesucht! Hätte ich von vornherein eine Location nach meinem Geschmack bestimmt, wäre sie auch einverstanden gewesen. Wer dämlich ist wird bestraft.

„Das ist nicht dein Ernst? Willst du ihm Marmeladenbrot vorsetzen lassen. Mit Kakao? Haha. Bitte, Mara!"

Charlie entfährt ein empörtes „Hey"

Über Maras Gesicht huscht ein leichtes Grinsen. Sie sieht die Notwendigkeit, ihre Wahl zu erklären, aber ein.

„Ich bin komplett aus der Übung was Männer betrifft, Rachel! Wenn ich es genau nehme, war ich das auch noch nie. Mein Mann war der Erste, der Einzige und danach gab es niemand. Hausbäckchen könntest du zu mir sagen."

„Hä? Hausbäckchen? Was soll das sein und auf keinen Fall trifft das auf dich zu."

„Rachel, mein Leben besteht aus Kindern hier und Kindern da und Haushaltsarbeiten jeglicher Art. Meine sozialen Kontakte beschränken sich auf gelegentliche Treffen mit euch. Ich bin dankbar, dass glücklicherweise mein Bruder dazu gekommen ist. Trotzdem fehlt mir Routine im Umgang mit dem männlichen Geschlecht. Ich bin unsicher."

„Du bist eine hübsche Frau und die liebenswerteste, die ich kenne, noch dazu!"

„Danke. Weißt du, hier fühle ich mich sicher, auch wenn das Ambiente nicht deinen Vorstellungen entspricht. Er würde nicht zu mir passen, wenn er das hier nicht mag. Verstehst du das?"

Gerne sieht Rachel das nicht ein. Nein, sie versteht es nicht. Kennt sie nicht, ist ihr fremd. Aber ja, sie liebt ihre Freundin. Übrigens liebt sie sie so sehr, wie sonst niemand in ihrer Beziehungswelt. Das ist maßgeblich der einzige Grund, weshalb sie sich geschlagen gibt. Auch ist der seltene Fall eingetreten, dass sie nichts mehr zu sagen weiß. Darüber staunt sie selbst, ergibt sich aber diesem überraschenden Zustand. So stimmt sie zu, in Charlies Café, diesem gewiss ungeeignetsten Ort, den sie sich dafür vorstellen kann, ein Treffen zu organisieren.

Facettenreichtum sollte
entdeckt werden

Röschen ist heilfroh, der forschen Rachel entronnen zu sein. Nicht zu fassen, dass ich mit ihr befreundet bin, denkt sie. Oh Gott, gerade noch, ganz knapp, konnte ich ihrem Zugriff entrinnen. Unvorstellbar wenn sie die Tasche in ihre Finger bekommen hätte … Diese Rachel!

Nach dem abrupten Ende des Freundschaftstreffens hat sich Röschen auf den Heimweg begeben. Sie eilt nach Hause, denn das ist ein Ort der Sicherheit für sie. Dort herrschen ihre Regeln, dort lauern keine Gefahren. Wie gut. Sie atmet erleichtert auf. Der Trageriemen der unförmigen Tasche, die sich außerhalb jeglicher modischen Diskussion befindet, hat sich schon mit einer tiefen schmerzenden Rille in ihre Schulter eingegraben. Das Ding ist schwer wie drei Paletten Katzenfutterdosen. Sehr mühsam, klagt Röschen. Ich sollte glücklich sein, denkt sie. Oh Gott, ist die Tasche schwer. Egal, dann ist sie eben schwer. So ist das. Ja verdammt, anstrengend war mein Leben schon immer. Achselzuckend nimmt sie das als Tatsache hin.

„Ich schaffe das schon," murmelt sie vor sich hin.

Röschen ist zuhause angekommen. Sie lässt die Last von ihrer Schulter gleiten und wühlt in ihrer Jackentasche nach dem Haustürschlüssel. Übrigens findet sie den selten sofort. Nach längerem Suchen hält sie ihn schließlich doch noch in der Hand. Zur Begrüßung streicht ihr eine Katze um die Füße, zwei weitere sitzen abwartend da und schauen sie nach Katzenart unverwandt an.

„Langsam, langsam, gleich gibt es Futter."

Achtlos wirft sie Mantel und Tasche auf einen Stuhl, zieht ihre große Küchenschublade auf und sucht nach dem Dosenöffner. Aus dem Schrank holt sie eine Dose Katzenfutter. Automatisch, weil geübt, steigt sie über die schnurrenden, maunzenden Tiere, ohne zu stolpern.

„Ja, ja, ist ja gut. Euer Essen kommt gleich. Einen kleinen Augenblick Geduld, wenn ich bitten darf, ja?"

Ihre beruhigenden Worte zeigen nicht die geringste Wirkung. Hat schon einmal jemand eine Katze gesehen, die auf Argumente reagiert, denkt sie. Im Allgemeinen kann man gut mit ihnen reden ... wenn man keine

144

Antwort braucht. Röschens Bewegungen sind fahrig, sie ist genervt. Nein, das ist eine Untertreibung. Sie ist höchst getriggert von Rachel, denn die hat ihr gehörig zugesetzt. Vergleichsweise dazu wirken die fordernden Tiere entspannend auf sie. Och, diese Rachel. Immer muss sie die Erste sein, immer hat sie eine beleidigende Bemerkung parat. Nicht genug damit, nun wird sie auch noch übergriffig. Was geht sie ihre Tasche an, was hat sie für ein Recht, abfällige Bemerkungen über ihren Kleidungsstil zu machen. Es ist schwierig, sich bei ihr zu behaupten.

Für Röschen stellen die Katzen einen akzeptablen Ersatz eines Gesprächspartners dar, auch wenn sie nicht antworten.

„Ihr habt es gut. Euer größtes Problem ist die Portionsgröße. Ihr fresst euch voll, dann seid ihr zufrieden und haltet ein Schläfchen. Aber ich, ich werde von meiner Freundin attackiert, die niemals meine Freundin wäre, wenn wir nicht schon so lange befreundet wären. Klar? Ein Damoklesschwert schwebt über mir. Wisst Ihr was das ist? Gefahr droht und man weiß nie, wann sie zuschlägt. Rachel will Treffen organisieren. Mit Männern die wir nicht kennen. Niemals zuvor gesehen haben. Das hat sie sich für Mara und womöglich auch für mich ausgedacht. Ihr muss schrecklich langweilig sei. Was für eine gruselige Idee, ich soll mich mit einem wildfremden Mann treffen. Der Sinn entzieht sich mir völlig. Warum will sie das? Zu ihr passt das, ja, zu ihr passt das sehr gut. Sie kann solche Sachen gerne machen, so oft und wann immer sie will, es ist mir egal. Nur mich soll sie in Ruhe lassen. Auch wenn wir viele Jahre befreundet sind … was man so befreundet nennt … weiß sie rein gar nichts über mich, schimpft Röschen weiter. Ihr kennt mich tausendmal besser. Sie hat von mir bisher nur einen begrenzten, einen sehr begrenzten Teil gesehen.

Wütend stapft Röschen in ihrer Küche hin und her. Mit einem Knall stellt sie die Katzenfutterdose auf den Tisch und wird ein bisschen laut.

„Sicher sieht sie das anders, die großartige Rachel … falls sie überhaupt darüber nachdenkt, was ich bezweifle. Ich, ausschließlich ich, entscheide und kontrolliere, wie viel ich von mir preisgebe. Ich bestimme, wer was und wieviel von mir sieht. Ihr Fenster ist klein. Klein, klein, klein."

Der ausgeleierte Dosenöffner rutscht vom Metall ab. Sie versucht es noch einmal. Ich muss endlich einen

Neuen kaufen, denkt sie und schimpft weiter.

„Ob ich schon einmal eine „Nicht-platonische Beziehung" hatte, wollte sie wissen. Wie dreist, so etwas zu fragen. Als ob sie das etwas angehen würde. Verdammt, nein, hatte ich noch nicht. Hätte ich aber gerne. Bei ihr hört sich sogar „Nicht-platonische Beziehung" nach Leistung an."

Ein bisschen sehnsüchtig setzt sie hinzu,

„Für mich wäre es das Schönste, das ich mir vorstellen kann."

Röschen ist es endlich gelungen die Dose zu öffnen und füllt mit dem Inhalt die Futterschüssel. Während die Katzen sich darauf stürzen, gesteht sie ihnen,

„Es gibt einen Mann. Ja, es gibt Einen. Ich kenne ihn noch nicht lange, aber er gefällt mir. Wie gut, dass ich im Tierheim arbeite, denn dorthin bringt er alle verletzten Tiere, die er findet."

Röschen krault ihre fressende Katze im Nacken. Die lässt sich allerdings nicht von ihrer Beschäftigung ablenken.

„Er ist nett. Wir haben uns gleich zu Beginn so gut unterhalten. Glaub mir, Rachel ist die Letzte, der ich DAS erzähle. Von ihr würden sowieso nur verächtliche Kommentare kommen, wie etwa: „Unterhalten? Ach ja, ... oder ... Sonst nichts?" Aber weißt du, sie ist kein bisschen weniger einsam als ich. Alle ihre Bekanntschaften sind nach kurzer Zeit vorbei. Wahrscheinlich beendet sie sie selbst, weil sie vermeiden will, dass jemand das große schwarze Loch hinter ihrer attraktiven Fassade erkennt."

Röschen richtet sich wieder auf, stört ihre Katzen nicht weiter bei deren Nahrungsaufnahme und wirft einen prüfenden Blick in den Kühlschrank. Sie ist auch hungrig. Mit Lasagne von gestern wird sie fündig. Während sie mit dem Zeigefinger auf der Käsekruste herumstochert, um herauszufinden, ob sie noch genießbar ist, denkt sie über ihre brandneue Bekanntschaft nach.

Aufgewachsen ist er zwar hier, in dieser Stadt, hat aber lange Jahre im Ausland verbracht, weiß sie inzwischen. Von Früher kenne ich ihn nicht, überlegt sie. Na gut, so klein ist die Kleinstadt auch wieder nicht und man kann nicht jeden von Früher kennen. Außerdem ist er ein paar Jahre älter als ich, wie sollte er mir begegnet sein. Ich war ein Kind.

Röschen ist es nicht gewohnt, mit „Fremden" längere

Gespräche zu führen. Abgesehen von der Tatsache, dass die meisten Leute sich dafür keine Zeit nehmen, mag sie sowieso lieber, wenn diese schnell wieder verschwinden. Mit ihm aber unterhält sie sich gerne. Es fühlt sich so überraschend vertraut an. „Weißt du Minze", mit diesem Namen hat sie ihre jüngste Katze bedacht, „mit dir kann ich auch sehr gut reden. Deswegen denkst du, ich wäre eine Plaudertasche. In Wirklichkeit bin ich bei den meisten Leuten unbeholfen und weiß nichts zu sagen."

Röschen schließt ihre Augen, Harry heißt er, sinniert sie und flüstert seinen Namen. Gesprächsfetzen der vergangenen Unterhaltung ziehen an ihr vorüber. Sie hat sich jeden einzelnen Wortwechsel gemerkt, hört ihr Lachen, erinnert sich an Seines. Ich habe mich sicher gefühlt bei ihm, denkt sie. Ob er wohl in einer Beziehung steckt oder vielleicht einfach nur ein freundlicher offener Mensch ist? Ach, hoffentlich nicht.

Der Inhalt der Futterschüssel neigt sich dem Ende zu. Minze streckt ihre vier Beine nacheinander weit aus, reckt sich und landet anschließend mit einem weichen Sprung auf dem Küchensofa. Röschen gesellt sich dazu. Nachdenklich betrachtet sie die Tasche, die sie auf dem Küchenstuhl platziert hat. Wie sie in deren Besitz gekommen ist, wird sie gewiss keiner Seele anvertrauen, nicht einmal Mara. Rachels Vermutung, so ein unförmiges, unansehnliches Ding kann nur auf Flohmärkten gefunden werden, ist falsch. Das

war nicht der Ort der Beute. Röschen fühlt sich befriedigt, die Freundin auf dieser Fährte zu wissen. Sie beurteilt den modischen Standpunkt meiner Kleidung richtig, aber passt das nicht zu mir, murmelt Röschen? Sie lächelt ein wenig hilflos, denn ihre viel zu weiten Hüllen helfen ihr, sich zu verstecken. Ein gewollter zweischneidiger Effekt. Unsichtbar sein schützt vor Forderungen ... aber man sieht sie nicht.

Die Eltern hatten immer eine sehr klare Vorstellung von den schulischen und sportlichen Leistungen ihrer Kinder. Es sollten Sprösslinge sein, auf die sie stolz sein könnten. Erfolge waren klar definiert. Ihre Erziehungsmethode hat aus den Brüdern zielorientierte, hart arbeitende Erwachsene gemacht, die sich keine Zeit nehmen, rechts und links vom Weg Blumen zu pflücken.

Nur Röschen konnte diese Erwartungen leider nicht erfüllen. Es ging nicht, denn ihr Wesen war nicht so angelegt. Trotz ernstgemeinter Anstrengungen, die

Eltern zufrieden zu stellen, erlebte sie eher das Gegenteil. Röschen rettete sich in ihren ausgeprägten Hang zu träumen und erschuf innere Welten, die nur ihr gehörten. Unglücklicherweise waren die Eltern unfähig, aus ihren Vorstellungen auszubrechen. Sie konnten sich nicht überwinden, ihre Tochter auch ohne messbare Leistung zu lieben. Eine bedauerliche Haltung. Diese entglitt ihnen zusehends und sie standen hilflos vor verschlossener Türe.

Röschen schüttelt sich unwillkürlich, als wenn sie diese Gedanken loswerden wollte und springt leichtfüßig auf. In ihrem Schlafzimmer steht ein Ankleidespiegel von stattlicher Größe, auf dem Flohmarkt ergattert und selbstverständlich antik. Forschend betrachtet sie ihr Spiegelbild, das ihr zugleich fremd und vertraut erscheint. So steht sie ein paar Minuten, betrachtet ihre grünblauen Augen und murmelt:

„Ich mag mich. Die Kindheit ist Schnee von gestern. Es ist so lange her. Ja, ich mag mich. So wie ich bin, so mag ich mich."

Erstaunt über diese Erkenntnis gewinnt sie gleich noch eine weitere dazu.

„Eigentlich mag ich mich schon immer. Ja, ich wusste

es nur nicht!"

Muss man denn zuerst ein Vierteljahrhundert leben, bevor man die grundlegendsten Wahrheiten über sich kennt, wundert sie sich? Mein Gott, warum habe ich das nicht schon früher gewusst? In jungen Jahren? Immer dachte ich, wenn die Eltern mich nicht mögen, dann tu ich es auch nicht. Was für eine Quälerei wäre mir erspart geblieben. Ich fasse es nicht. Wie gut ist es, das jetzt zu verstehen. Wie gut. Röschen plumpst sprachlos über diese Einsicht auf ihre Bettkante.

Inzwischen sind die Katzen gesättigt und kuscheln sich zufrieden in ihre Schlafplätze. Nur Minze, die jüngste, streicht noch um Röschens Waden. Die hebt sie hoch, setzt sie auf ihren Schoß und krault das weiche Fell hinter ihren Ohren.

„Ich weiß, ich weiß, du willst ganz schnell wachsen. Trotzdem, für heute reicht es. Magst du ein fettes Tier sein? Lieber nicht, oder?"

Da sitzt sie nun zusammen mit der behaglich schnurrenden Minze auf ihrem gemütlichen Sofa und gibt sich sehnsüchtigen Gedanken hin. Ihre Träume gelten ihm, dem Tierretter, ihrer neuen Bekanntschaft, mit der sie so gut reden kann. „Ich gehe sehr gerne im

Tierheim arbeiten, gesteht sie ihrer Katze. Jeder einzelne Tag, den ich dort verbringe, ist ein guter Tag. Es gibt doch so viele gestrandete Tiere, hoffentlich findet er bald wieder eines. Und wenn nicht, dann schicke ich dich auf die Straße. Was hältst du davon. Du darfst mir helfen, ja?"

Minze blinzelt sie mit halbgeschlossenen Augen an, bevor sie gänzlich in die Traumwelt hinübergleitet.

„Nur vorübergehend setzte ich dich aus, versteht sich. Selbstverständlich nur vorübergehend."

Über Lügen und Freiheit

Noch eine Minute vor meinem Eintreffen an diesem wundervollen Ort, hätte ich mich nicht wichtig genug gehalten, von einem Hausherrn wie diesem persönlich begrüßt zu werden. Ich hätte nicht erwartet, dass er mich anspricht und willkommen heißt. Wäre es nicht schon ein großes Privileg gewesen, überhaupt an seinem Tisch sitzen zu dürfen? Meine Scheu, nicht ganz dazu zu passen, ist etwas Neuem gewichen. Ich fühle mich wie ein Kind am Tisch seiner Eltern und mein Herz weiß, dass ich dazu gehöre. Was für eine wundervolle und erstaunliche Veränderung, zu der ich keinen Beitrag geleistet habe, ist hier geschehen? Er geht nicht freundlich nickend weiter und widmet sich seinen anderen Gästen. Nein, er bleibt stehen, vor mir, und seine Augen ruhen auf mir. Um zu beschreiben, was das bei mir bewirkt hat, kann ich nur sagen: Ich bin zuhause angekommen. In Gänze zuhause angekommen.

Es ist klar, ganz klar, ich kenne ihn. Schon so lange. ER ist es. ER selbst. An seinem Tisch sitze ich, so wie er es versprochen hatte. Ich meine, ein leichtes Lächeln in seinen Mundwinkeln zu erkennen, dann fragt er mich:

„Hast du Lust, ein wenig mit mir spazieren zu gehen?"

Kann man dazu keine Lust haben? Unverzüglich springe ich von meinem Stuhl auf, bin bereit, überall mit ihm zusammen hinzugehen. Kurz noch schaue ich in die Tischrunde, sehe freudig erregte Gesichter. Manche rufen mir „fantastisch" „du Glückliche" „wie schön" zu. Trotzdem dringen ihre Zurufe nicht ganz zu mir durch, denn all meine Sinne sind auf ihn gerichtet. Er nickt und zusammen verlassen wir diesen Speisesaal, treten unter den freien Himmel. Schweigend durchqueren wir den Innenhof seines Hauses, der weißgekleidete Türwächter öffnet die wuchtige Flügeltüre für uns, durch die wir nach draußen gelangen.

Bei meiner Ankunft hatte ich nur dieses herrschaftliche Haus gesehen, nicht aber den Fluss, der hier fließt. Ich verstehe es nicht ganz, aber mir scheint, er hat seinen Ursprung direkt an diesem Haus und fließt von dort weg. Sein Bett verbreitet sich und in weiter Ferne glitzert seine Wasseroberfläche immer noch. Bäume aller Art säumen sein Ufer zu beiden Seiten. Ich staune über die Vielfalt, die ungewohnten Formen und die Intensität der Farben.

ER greift nach oben, bekommt einen Ast zu fassen und pflückt eine Frucht, die er mir reicht. Ich kenne diese Sorte nicht, aber sie schaut verlockend köstlich aus und duftet gut. Das wäre meine Nachspeise, sagte er und freut sich, als ich sie genüsslich verspeise.

Bei Alledem frage ich mich, ob ich hier bin, weil mir die Sterne abhandengekommen sind. Im Grunde genommen würde ich eine Strafe oder zumindest eine Rüge erwarten. Alles was ich hier erlebe, gleicht einer Belohnung. Das bringt mein Verständnis, versagt oder nicht versagt zu haben, aus dem Konzept. Es mutet sich mir hier wie ein Fremdkörper an. Als er ankündigt, mit mir über die Sterne reden zu wollen, zucke ich aber trotzdem zusammen.

„Dora, all die Jahre hast du den Menschen, zu denen ich dich schickte, Sterne überbracht."

„Ja, das ist richtig. Immer sind sie dort angekommen, wo du sie haben wolltest. Bis auf jetzt."

„Hast du jemals gesehen, dass in diesen Botschaften eine Anklage war?"

„Nein, so war das nicht. Die Menschen haben Ermutigungen und Liebesbeweise bekommen."

„Weißt du auch warum?"

„Ja, weil du nicht willst, dass sie in den Sackgassen ihrer Lügen feststecken. Aber nun ist es doch so, denn ich habe nicht aufgepasst."

„Dora, wie siehst du das? Ein Mensch bringt sich in Schwierigkeiten. Was hilft ihm mehr, Ermutigung oder Anklage?"

„Ermutigung hilft vielleicht mehr. Meistens, oder?"

„Mit welchen Lügen haben die Menschen am härtesten zu kämpfen?"

„Sie denken, dass sie vergessen sind, nicht geliebt werden, nicht wichtig genug sind, nicht ausreichen. OK. Das denke ich von mir selbst auch."

Tatsächlich, genau das denke ich von mir. Ich habe nicht ausgereicht. Sich die Sterne rauben zu lassen, ist meiner Meinung nach komplettem Versagen gleichzusetzen. Das sitzt tief. Ich würde mich nicht als Perfektionistin sehen, obwohl sich ein Hang dazu nicht leugnen lässt. Aber was spricht dagegen, so verwerflich ist diese Eigenschaft auch wieder nicht. Reibungsloser Ablauf und glänzende Ergebnisse sind das Ergebnis davon. Es war mir all die Jahre selbstverständlich gewesen, mit ganzem Einsatz meine Aufträge zu erfüllen. Das ist doch gut? Ja, es ist schon gut, denke ich, aber es kann auch zu einer Art „Zwangsjacke" werden. Und wenn die Sache nicht gelingt, fühlt die sich, wie man sieht, sehr eng an. Meine fröhliche Stimmung verlässt mich zusehends, denn ich muss zugeben, in einer solchen zu stecken. Das gefällt mir nicht, aber ich weiß keinen Ausweg. Missmutig mit diesen trüben Gedanken beschäftigt, höre ich nur mit halbem Ohr seine nächste Frage.

„Hast du schon einmal bei mir gesehen, dass ich Gefallen daran habe, einen Menschen in der Gefangenschaft seiner Lügen zu lassen?"

Nein, das habe ich nicht. In Ausübung meiner konnte ich ausschließlich das Gegenteil beobachten. Seine Botschaften waren eindeutig Lügenbrecher. Immer stand die Absicht dahinter, Freiheit zu schenken. Dinge haben sich entwirrt, geordnet, verbarrikadierte Wege wurden zu begehbaren Straßen und die Menschen konnten die Träume, die er ihnen ins Herz gelegt hatte, wieder sehen. Genau so war das, denke ich und stoße ein resigniertes „Pffff" aus. All das ändert doch bedauerlicherweise nicht, dass mir die Sterne abhandengekommen sind.

„Warum denkst du dann, dass ich DICH anklage?"

Seine Frage wundert und erstaunt mich.

„Nein? Tust du nicht?"

„Nein."

„Aber ich habe den Auftrag vermasselt."

„Stimmt."

„Na, ja, eben deshalb denke ich das."

„Ich bin stolz auf dich. Danke Dora. Danke für all den Einsatz, den du gegeben hast. Das war großartig."

Vor meinem inneren Auge entsteht ein Bild. Ich sehe einen alten, klapprigen, zweirädrigen Karren, dessen große Holzräder hoffnungslos in einem Sumpfgebiet steckengeblieben sind. Die abgenutzten Griffe zu beiden Seiten ragen verlassen in die Höhe. Es gibt keine Aussicht, dass dieses Gefährt jemals wieder einen Millimeter vor- oder rückwärts bewegt werden kann, wohl schon seit vielen Jahren nicht. Doch nun spüre ich, wie seine Worte einen Ruck in die verfahrene Sache bringen. Die Umklammerung des fest gesogenen Sumpfes löst sich und schafft Platz für die Freiheit, die ganz tief in mir aufsteht, seinen Worten glauben zu wollen. ER IST STOLZ AUF MICH. In meiner aufgerührten Seele formiert sich gerade etwas, das ich zwar nicht betiteln kann, sich aber ungemein erleichternd und glücklich anfühlt.

Ich bin gedanklich zu sehr beschäftigt, um seine weitere Frage zu hören. Deshalb wiederholt er sie.

„Weißt du, wer deine Tischgenossen waren?"

„Nein."

„Wirklich nicht?"

„Nein."

„Schau sie dir an."

Mit diesen Worten weist er mir die Richtung, in die mein Blick gehen soll. Im gleichen Augenblick bin ich Betrachterin des Speisesaales und seiner Insassen. Mir fällt auf, dass auf einem Stuhl, der bei meiner Ankunft leer gewesen war, nun ein übergewichtiger Mann mittleren Alters sitzt und trotz seiner Leibesfülle mit Genuss eine Backware verspeist. Auch sonst sehe ich Leute, die vorher nicht da waren. Aber das Mädchen mit der Gitarre erkenne ich wieder. Mit ungebrochener Hingabe spielt sie ein Lied nach dem anderen. Obwohl ich doch gehörig weit weg stehe und mich nicht physisch in diesem Raum befinde, kann ich ihr Lied hören. Wie schon vorhin berührt mich ihre weiche Stimme und dringt in mein Gemüt.

„Erkennst du sie?"

„Wen, das Mädchen?"

„Ja."

Sollte ich sie kennen? Warum fragt er mich das? Forschend erkunde ich ihr Gesicht, grabe in dem Areal meiner Erinnerungen und werde fündig. Aber ja, aber ja, ich kenne sie.

„Das ist ja überraschend! Wie schön!"

„Ja, da stimme ich dir zu."

„Als ich sie das letzte Mal sah, war sie noch ein Kind und sehr traurig gewesen."

„Jetzt ist sie das nicht mehr. Sie ist meine Freude. Das haben wir dir zu verdanken."

„Es war ein sehr schöner Stern, den ich ihr überreichen durfte."

„Wie gut, dass sie ihn bekommen hat, nicht wahr?"

Ja, sehr gut, dem pflichte ich unumwunden bei. Ich bin von der Liebe, die er für das Mädchen hat, überwältigt. Das kenne ich nicht. Eine „Große Liebe", so wie es sie zwar selten, aber immerhin doch ab und zu zwischen Menschen gibt, ist immer etwas Wundervolles. Ein Geschenk. Jedoch im Vergleich zu dem, was ich hier spüre, verblasst alles, was sich auf Erden Liebe nennt. Es lässt sich mit nichts vergleichen. Es ist allumfassend, keine Wünsche offenlassend, es trifft alle Sehnsüchte in tiefster Tiefe. Nichts, was jemals versprochen hat, das Herz zufrieden zu machen, kann sich damit messen. Ich weiß nicht mehr, wie lange ich schon für ihn arbeite und wie viele Sterne ich überbracht habe. Es sind viele. Immer hat mich eine Zufriedenheit und Freude auf meiner Reise begleitet, in mir die Gewissheit hinterlassen, dass alles sehr gut ist. Für mein Verständnis hat nichts gefehlt und es gab keine Lücke, oder Luft nach oben, die hätte ausgefüllt werden müssen. Eine Steigerung davon war außerhalb meiner Vorstellungskraft. Ich war glücklich.

Aber jetzt ist es nicht mehr so. Ich sehe mich einer neuen Dringlichkeit gegenüberstehen. Gut möglich, dass sie immer da war, nur nicht von mir erkannt, nur nicht laut schreiend. Ich bin so ausgezeichnet mit mir allein zurechtgekommen. Doch das, so wird mir klar, ist nun Vergangenheit, denn ich will erkannt werden. Erkannt und geliebt wie dieses Mädchen. Hat es mir bis hierher genügt, nur für mich zu sein, so tut es das unwiederbringlich nicht mehr. Ich will mehr. Viel mehr.

In der Gewissheit, nie wieder zufrieden zu sein, mit dem, was ich hatte, wende ich mich dem Fluss zu, dessen klares Wasser jeden Stein auf seinem Grund erkennen lässt. Meine wunde Seele beruhigt sich bei dem Anblick der funkelnden Tautropfen, die in weiter Ferne auf seiner Oberfläche blitzen. Bäume, so hoch wie der Himmel, säumen sein Ufer. Ihre ausladenden, ungeheuer großen Kronen, bewegen sich sanft hin und her. Eine beachtliche Vogelschar umschwirrt sie. Hier und dort ragt ein hölzerner Steg in den Flusslauf hinein und ich bekomme Lust, auf einem zu sitzen und meine Beine in das fließende Wasser zu halten.

Mein Begleiter scheint mich zu verstehen, denn er schlägt mir vor, die Gegend ein wenig zu erkunden. Ich bin ausgesprochen neugierig, was es hier alles zu sehen gibt und willige ein. Er selbst, so erklärt er mir, will seine neuen Gäste begrüßen und wir würden uns zu einem späteren Zeitpunkt wieder treffen. Mit einem liebevollen Blick und einem Lächeln verabschiedet er sich. Da stehe ich nun, allein, und überlege, wo ich mit meinen Erkundigungen beginnen soll. Mich lockt eine Rast auf dem Bootssteg, den ich in einiger Entfernung entdecke. Gesagt, getan, ich mache mich also auf den Weg und muss nur die Wiese überqueren, die zwischen mir und meinem Ziel liegt. Ein Holzzaun, dessen Latten mir ungefähr bis zur Hüfte reichen, grenzt die Grasfläche ein.

Auch wenn ich problemlos darübersteigen könnte, öffne ich brav das knarrende Gattertor und bleibe auf dem Weg. Ich dachte, nur eine kleine grüne Fläche passieren zu müssen, werde aber zunehmend eines Besseren belehrt, denn mit jedem Schritt wandere ich in eine gigantische Blütenwelt hinein. So viele verschiedene Sorten habe ich noch nie in meinem Leben gesehen. Ihr betörender Duft steigt in meine Nase und verteilt sich mit tiefen Atemzügen in meinem ganzen Körper. Mir wird leicht und beschwingt davon. Der Weg hat sich in einen Pfad verwandelt, windet sich durch immer neue Haine und ich folge ihm verzaubert in die Richtung, in die er mich führt. In einiger Entfernung höre ich Gelächter und Stimmengewirr. Normalerweise machen mich fremde Menschen nervös, wenn ich nicht im klar abgegrenzten Rahmen als Sterneüberbringerin mit ihnen zu tun habe. Dann verspannt sich mein Schulterbereich und meine Atmung wird flach. Das geschieht jetzt aber nicht. Ich bin wundersam entspannt ... ein neues und unbekanntes Gefühl für mich. Die menschlichen Geräusche sind inzwischen so nah, dass ich sie um die nächste Ecke vermute. Dort finde ich eine kleine Gruppe von Wanderern, die es sich unter dem Schatten einer Laube

164

mit Wein und Brot gut gehen lassen.

Beobachtend bleibe ich stehen, werde aber gleich her gewunken, mich dazu zu gesellen. Ich habe nicht die geringsten Hemmungen die Einladung anzunehmen und setze mich. Mir wird knuspriges Brot und würzig riechender Käse angeboten und ehe ich mich versehe, steht ein Glas Wein vor mir.

Sie erzählen sich Erlebnisse, die sie mit dem Hausherrn erlebt hatten. Einer nach dem anderen weiß eine Geschichte vorzutragen. Einige davon sind sehr lustig und ich stimme herzhaft lachend in die allgemeine Fröhlichkeit mit ein.

Mir schräg gegenüber sitzt ein älterer Herr, der sein Glas abstellt und zu sprechen beginnt. Nun weiß ich, dass er den Auftrag hat, für kranke Menschen zu beten. Ich bin sehr beeindruckt von seiner Schilderung. Einmal wurde er zu einem schwer herzkranken Kind gerufen, das vor einer schwierigen, gefährlichen Operation stand. Er war, so gesteht er uns, nicht sehr optimistisch, dass sein Gebet eine Besserung bewirken könnte. Doch dann hat er auf den geschaut, der das Universums und Alles, was darin ist, erschaffen hat und seinem Auftrag gemäß um Heilung gebetet. In den nächsten Minuten ist die blaue

Gesichtsfärbung des Kindes gewichen. Es hat ruhig geatmet und die Eltern mussten diesen Eingriff bei ihrem Kind nicht zulassen. Wir lachen, diesmal erleichtert, weil wir uns über dieses Glück freuen. Eine kleine Pause entsteht und nun werde ich gefragt, ob ich auch etwas beizutragen habe und was ich denn so mache.

In der Vertrautheit dieser Gemeinschaft fällt es mir leicht, mich mitzuteilen. Es macht sogar Spaß, fühle ich mich doch auf Augenhöhe mit diesen Leuten. Anscheinend hat hier jeder, so wie ich, eine Aufgabe von IHM bekommen. Mir fallen viele spezielle Sterne ein, die ich zu ebenso speziellen Menschen gebracht habe. Traurige und lustige Erlebnisse hat es da gegeben. Aufmerksam verfolgen sie meine Worte, nicken wissend und bezeugen mir ihre Anteilnahme. Immer wieder lacht jemand belustigt auf. Eine Frau weint, weil sie so berührt ist. Den unrühmlichen Schluss, den Diebstahl der Sterne, verschweige ich nicht. Das wäre unehrlich, finde ich, und mir ist auch danach, die ganze Wahrheit auf den Tisch zu bringen. Aber statt der erwarteten Betroffenheit erlebe ich verständnisvolle Anteilnahme. Der ältere Herr tröstet mich:

„So etwas in dieser Art haben wir alle erlebt, nicht

wahr?"

Er schaut in die Runde und erntet bestätigendes Gemurmel und Kopfnicken. Eine Frau ergänzt ihn.

„Es gibt nur einen, der keine Fehler macht. Wir sind das aber nicht?"

Alle lachen. Ich fühle mich so leicht. Ganz nebenbei bemerkt, ich kann es nicht fassen, dass ich lache. Gerade noch vorhin war ich doch so traurig und sehnsüchtig gewesen. Aber ich tu es. Unglaublich.

Es wird unruhig um mich herum, die Gruppe beginnt, sich fertigzumachen. Sie wollen weiterziehen. Ihr Ziel ist der Fluss, und sie fragen mich, ob ich mich ihnen anschließen will. Ich willige ein und stelle überrascht fest, dass ich zum ersten Mal in meinem Leben nicht allein unterwegs sein werde.

Wer weiterkommen will
muss sich bewegen

Harry starrt den riesigen Monitor auf seinem Schreibtisch an. Ich muss mich jetzt konzentrieren, denkt er und überprüft seine Armbanduhr. Noch zwei Stunden, bis ich ruhigen Gewissens Feierabend machen kann. Das hier sollte heute noch erledigt werden. Automatisch greift er nach seiner Kaffeetasse, stellt fest, dass sie leer ist. Na gut, dann trinke ich keinen Kaffee mehr, beschließt er und widmet sich den Zahlenreihen auf seinem Bildschirm. Heute kommt er mit seiner Arbeit nicht voran, denn es gelingt ihm nicht, seine Gedanken zu bündeln. Sie schweifen ab, fliegen zum Tierheim und zu Röschen, an die er unentwegt denken muss. Das letzte Mal habe ich sie gesehen, als ich den abgestürzten Vogel dorthin brachte, sinniert er. Es macht so Spaß sich mit ihr zu unterhalten. Warum hat sich gegen Ende unserer letzten Begegnung die Stimmung so krass verändert? War es ein Fehler ihr zu offenbaren, dass ich mir von einem Stern Hilfe wünsche? Bis dahin war doch alles bestens. Ganz

168

plötzlich wurde sie schweigsam.

Harry wird nicht schlau aus Röschens Verhalten. Er weiß, dass ihn das nicht zu sehr tangieren sollte, schließlich ist sie nicht mehr als eine Zufallsbekanntschaft. Oder? Sie geht mir nicht mehr aus dem Sinn, stöhnt er auf. Meine altbewährte Strategie, mich innerlich abzuschotten, funktioniert nicht mehr. Sie hat mich eingefangen, erkennt er erstaunt. Ja das hat sie und dabei entspricht sie nicht einmal dem Typ Frau, der mir gefällt. Schon allein ihr Kleidungsstil ist unbeschreiblich. So etwas habe ich bisher bei einer jungen Frau nicht gesehen. Diese weiten Röcke, die sie trägt, … und trotzdem ist das unbedeutend für mich. Wenn ich mit ihr spreche, sehe ich nur noch sie. Sie fasziniert mich. „Röschen" … Harry lässt den Namen auf der Zunge vergehen. Wer sonst auf der Welt heißt Röschen. Was für ein wunderlicher Name. Er passt perfekt zu ihr.

Es ist ernst, erkennt er und klickt hilflos mit seiner Maus auf den Bildschirm. Als Erstes hat mir ihr Lächeln gefallen und dann konnte ich meinen Blick nicht mehr von diesen Wahnsinns-Augen wenden. Sie ist nett, ich fühle mich wohl in ihrer Nähe. Ich mag die Gespräche mit ihr. Ich will sie wiedersehen, beschließt Harry. So bald wie möglich.

Harry denkt über seine Möglichkeiten nach, mit Röschen mehr Zeit, als es ein Gespräch im Tierheim hergibt, zu verbringen. Ob sie einen festen Freund hat, rätselt er. Dass sie Tiere, insbesondere Katzen, für die besseren Freunde als Menschen hält, weiß er schon. Ausnahmen bestätigen die Regel, hat sie augenzwinkernd eingeräumt. Ich muss sie besser kennenlernen, beschließt er. Unbedingt. Und außerdem … ich muss … ich muss über den Gedanken wegkommen, dass ich nicht der Mann sein kann, auf den sich eine Frau verlassen will.

Auf seinem Handy erscheint ein Anruf. Es ist Mara. Harry nimmt das Gespräch an.

„Mara, was gibt es?"

„Magst du zum Abendessen kommen, ich muss dir etwas erzählen."

„Verlockendes Angebot, aber heute ist es schlecht. Ich habe schon etwas vor."

„Oh, na gut, dann nicht. Schade. Harry, meine Freundin hat etwas Abenteuerliches mit mir vor und ich brauche jemand, der auf die Kinder aufpasst. Kannst du das machen?"

„Wann soll das sein?"

Mara nennt ihm den Termin. Harry überprüft kurz seinen Terminkalender und beeilt sich, das Gespräch mit seiner Schwester zu beenden.

„Sorry, das geht nicht. Tut mir leid, Schwesterchen, ich kann dir dieses Mal nicht helfen."

„Oh, na ja, gut, ich werde eine andere Lösung finden. Bis bald, Bruderherz, lass dich blicken."

Harry starrt ungläubig auf den eingetragenen Termin, wegen dem er seine Schwester nicht unterstützen kann. Ein Date! Sein Date! Schwarz auf weiß, hier steht es! Das hat er Maras wegen getan. Nur damit sie Ruhe gibt, hat er ihrem Drängen nachgegeben. Oh, my goodness, beinahe hätte ich es vergessen, stöhnt er. Das gibt es doch nicht, ich habe keine Lust dazu! Mara, nur um deines und meines Friedens willen bringe ich das hinter mich. Da sieht man mal wieder, wieviel Rückgrat ich habe.

Harry fährt sich durch sein Haar. Von dem Date muss niemand erfahren, beschließt er. Meine Schwester nicht und das Mädchen, mit dem er sich wirklich treffen will, erst recht nicht. Er entscheidet, dass er heute seinen Kopf für seine Arbeit nicht mehr freibekommen wird. So fährt er seinen Computer herunter und verlässt seinen

171

Arbeitsplatz. Diese Freiheit steht im zu, denn er wird sich in den Abendstunden von zuhause aus mit seinem IT-Problem beschäftigen.

Harry erinnert sich an einen Zeitungsartikel in den Lokalnachrichten. Die Bevölkerung wurde eingeladen, Frösche auf ihrem Weg zum Laichplatz vor dem Überfahrungstod zu retten. Das könnte ihr gefallen, hofft er. Ich werde sie fragen, ob sie mit mir dorthin geht. Sie ist nicht der Typ für schicke Dinner-Dates, oder? Harry weiß es nicht. Auf keinen Fall will er etwas falsch machen und stellt aufs Neue fest, dass ihm die Sache nahe geht. Er vermutet, dass Frösche einsammeln, nicht das ist, wovon die Frauen träumen. Röschen passt nicht ins Schema, sie ist anders. Hoffentlich küsst sie keinen, sonst bekomme ich womöglich noch Konkurrenz. Harry grinst bei dieser Vorstellung.

Frauen vergleichen sich, hat Harry einmal gelesen. Ständig beurteilen sie sich gegenseitig und stehen in Konkurrenz zueinander. Ob sie das auch macht? Das hat sie nicht nötig, findet er. Für ihn ist sie außergewöhnlich und er will, er will bei ihr ankommen. Vor Sorge, dass das nicht der Fall sein könnte, verspannt sich augenblicklich seine Muskulatur. Ein beklemmendes Gefühl durchzieht seine Brust. Diese Reaktion ist ihm nicht unbekannt, denn es geschieht immer, wenn ihm etwas wichtig ist.

„Oh Gott, lass mich einen Stern wie Walter ihn hat, finden," murmelt er. „Ich brauche Hilfe."

Harry lacht ungläubig auf, als ihm klar wird, wie weit er schon in diesem „Sterne-Ding" drinsteckt. Alles was man nicht rational erklären kann, war ihm sein Leben lang suspekt gewesen. Mit mystischen Dingen wollte er nichts zu tun haben. Krass, wie sich sowas verändern kann, denkt er. Jetzt schreie ich nach der Hilfe eines Sternes. Na ja, genauer betrachtet schreie ich nach der Hilfe von dem, der die Sterne schickt. Ich kann meinen inneren Knoten nicht allein lösen. Und dieses Mädchen … mehr als alles andere will ich sie für mich gewinnen.

Was Harry nun macht, ist beten? Oder nicht?

„Gott oder wer auch immer hinter diesen Sternen steht, gib mir einen. Es kann doch nicht wahr sein, dass sie verschwunden sind. Was für ein Pech! Ich weiß nicht, wer du bist. Ich habe nie von dir gehört, aber ich habe gesehen, was aus Walter wurde, nachdem er diese Botschaft von dir erhalten hat. Er kann jetzt über seine Mauern springen. Das will ich auch tun. Hörst du mich?

Ich muss raus aus meinem Dilemma. Es ist mir ernst."

Harry steht vor dem Tierheim und wartet geduldig auf Röschen. So weit bin ich schonmal, denkt er, sie hat meine Einladung angenommen. Ich musste meinen ganzen Mut zusammenraffen, um sie anzurufen. Was für ein Glück, dass sie nun mitgeht.

Von irgendeinem Kirchturm schlägt die Glocke eine volle Stunde. Er ist eine halbe Stunde zu früh am Treffpunkt, weil er nervös ist. Sehr nervös. Ich kann mich nicht erinnern, dass ich mich schon einmal für ein „Date" dreimal umgezogen habe, denkt er. Vermutlich taucht sie in denselben Klamotten auf, die sie immer trägt. Tatsächlich, er hat richtig geraten, Röschen erscheint im gewohnten Outfit. Auch so ein Anblick kann atemberaubend sein, denkt er und grinst ein wenig. Innerlich. Er sucht ihr Lächeln und wird nicht enttäuscht. Er spürt, dass sie sich auf ihn freut und vergisst alle Anspannung. Gemeinsam laufen sie los. Das Ziel ist ein Sumpfgebiet unweit vor der kleinen Stadt gelegen, der Rest einer landschaftlichen Idylle. Trotzdem ist es immer noch groß genug, einer Vielzahl von Tieren Lebensraum zu bieten. Mittendurch führt eine vielbefahrene Straße, die den Fröschen den Weg zu ihrem Laichplatz abschneidet. Weil intellektuelle Fähigkeiten nicht zu den Vorzügen dieser Tiergattung gehören, überqueren die meisten von ihnen die Fahrbahn nur einmal und finden keine Gelegenheit mehr, sich zu vermehren.

Harry und Röschen treffen auf eine kleine Gruppe tatkräftiger Tierretter, von denen sie freudig begrüßt werden. Kurzerhand bekommen sie einen Eimer in die Hand gedrückt, einen Abschnitt zugewiesen und los geht`s. So machen sie sich also ans Werk, die hormongesteuerten Tiere einzusammeln und auf die andere Straßenseite zu bringen.

Röschen liebt Tiere, auch wenn sie mit Fröschen sonst nicht viel zu tun hat. Vierbeiner mit Fell sind eindeutig ihre Favoriten. Aber warum nicht auch einmal Neues versuchen?

„Harry, du hast Frösche gesagt, nicht wahr? Da sind keine Kröten dabei, denen wir das Leben retten sollen?"

„Ähm, nein, ich denke nicht. Es war nur von Fröschen die Rede. Warum?"

„Kröten kann ich nicht anfassen. Mich ekelt vor ihnen."

„Ah, wirklich? Ich hoffe, es sind keine dabei. Im

Ernstfall nimmst du die Frösche und ich die Kröten. In Ordnung?"

Röschen findet den Vorschlag gut und hält Ausschau nach den unruhigen Tieren. Sie wird schnell fündig, genauer gesagt wimmelt es um ihre Füße von vermehrungswilligen Exemplaren. Na, dann mache ich mich an die Arbeit, denkt sie und versucht welche einzufangen. Das erweist sich als nicht so leicht wie gedacht, weil die vermaledeiten Frösche das nicht wollen. Im Gegenteil, um dem Zugriff ihrer Retterin zu entgehen, hüpfen sie wild durcheinander und sind nicht zu fassen. Röschen ist wild entschlossen, ihren Auftrag zu erfüllen. So jagt sie ihnen hinterher. Harry schaut amüsiert zu.

"Wir könnten zusammenarbeiten. Du hältst den Eimer und ich treibe sie in deine Richtung."

„Ja gut, versuchen wir das, bevor ich zum Frosch werde."

Harry lacht. Er ist glücklich und begeistert. Das war eine gute Idee von mir, freut er sich. Sie mag die Aktion. Er klatscht in die Hände und treibt die Frösche in Richtung Eimer. So erwischen sie mit vereinten Kräften ein paar von diesen rettungsunwilligen Tieren.

Mittlerweile haben sich noch andere Tierfreunde

dazugesellt. Es herrscht emsiges Treiben. Trotzdem viele Frösche aufgehoben werden, scheinen sie immer zahlreicher zu werden. Röschen wundert sich darüber.

„Meinst du, wir werden heute noch fertig?"

Harry hält gerade einen kleinen braunen Frosch auf seiner Hand. Was für ein filigranes Geschöpf, murmelt er.

„Weiß nicht. Ist alles gut bei dir? Wird es zu viel?"

„Nein, nein, ich frage mich nur, wo die alle herkommen?

Angesichts dieses Andranges ist das Letzte was man denkt, dass sie aussterben könnten."

Röschen betrachtet das kleine Tier auf Harrys Hand. Vorsichtig hebt sie es auf und setzt es auf ihre Handfläche.

„Wie feingliedrig er ist."

„Ja, nicht wahr. Ein Wunder."

„So schön," pflichtet sie ihm bei.

Harry und Röschen stecken ihre Köpfe zusammen und bewundern das Kunstwerk. Beide sind verwirrt von der plötzlichen Nähe. Harrys Blick wandert zu ihrem Gesicht, ihren Augen, ihrem weichen Mund. Ich würde sie gerne küssen, denkt er. Röschen denkt das Gleiche. Auch sie ist überrascht von diesem Moment. Das kennt sie nicht. Davon hat sie bisher nur geträumt. Zaghaft nähern sie sich und gerade als der Traum Wirklichkeit werden sollte, wird er rabiat beendet. Ein lautstarker Begrüßungsruf beendet den Zauber des Moments.

„Hallo Harry!"

Erschreckt schauen sie in die Richtung, aus der die Stimme kommt.

„Sie sind doch mein Held, der meine Katze aus der Baumkrone heruntergeholt hat? Ist das großartig, Sie hier zu sehen. Das kann nicht wahr sein. Wann finden Sie denn einmal Zeit, mit mir eine Tasse Kaffee zu trinken? Oder muss ich mein Tierchen erst auf den Baum jagen? Hahaha."

Harry fällt zügig ein, wer diese Frau ist. Nein, er war nicht zum Kaffeetrinken dort und hat auch nicht vor, das nachzuholen. Ihm fallen nacheinander einige Namen für sie ein, die er lieber nicht laut sagen will. Bedauernd bemerkt er Röschens Rückzug. Sie ist einen Schritt zurückgewichen. Der magische Augenblick ist vorbei. Ach leider. Schweigsam schaut er zu, wie sie den Frosch auf ihrer Hand in den Eimer setzt. Zum Reden ist ihr die Lust vergangen, verwirrt macht sie das, was sie

178

normalerweise tut, wenn sie sich überfordert fühlt. Sie zieht sich in ihr Schneckenhaus zurück.

Harry versucht vergebens, ein Gespräch anzukurbeln. Das geht aber gerade nicht bei Röschen, denn sie braucht etwas Zeit, bis sich die Eindrücke gesetzt haben. So macht sie sich erneut ans Werk, den Eimer zu füllen. Harry bleibt stehen, sieht ihr zu und überlegt, wie er sich verhalten soll. Röschen klettert mit ihrer Fracht die Böschung zur Straße hoch, rutscht aus und gleitet auf ihrer Vorderseite den kleinen Abhang wieder hinunter. Der Eimer kullert davon und die mühsam eingesammelten Tiere entfliehen in die Freiheit. Harry eilt, ihr aufzuhelfen. Sie ist aber schneller als er, wehrt ihn ab und begutachtet ihren verschmutzten Rock.

„Das schaut nicht gut aus!"

„Kann ich dir helfen?"

„Nein, ich gehe jetzt nach Hause."

„Ja sicher, du musst dich umziehen. Ich bringe dich nachhause."

Das will Röschen nicht. Sie will allein sein. Sie fühlt sich gedemütigt und ist den Tränen nahe. Mit steinerner Miene unterdrückt sie ihre Gefühle und schlägt Harrys Angebot aus.

„Nein, ist schon gut, das brauchst du nicht. Ich brauche keine Hilfe."

„Aber ich begleite dich gerne."

„Nein, nein, du wirst hier gebraucht."

Mit diesen Worten dreht sie sich rasch um und stapft davon. Harry ist ein empathischer Mensch. Er bedauert ihr Missgeschick. Wahrscheinlich hat sie auch noch Schmerzen, denkt er. Ach Mann, wie bescheuert ist das denn jetzt gelaufen. Gerade eben war alles wundervoll und nun ist sie weg. Ich habe nicht einmal eine private Telefonnummer von ihr. Ob sie sich nochmal auf ein Abenteuer mit mir einlässt?

Harry bezweifelt das. Missmutig nimmt er den umgefallenen Eimer hoch. Er hat keine Lust mehr weiterzumachen und stellt ihn an den Sammelplatz zurück. Bevor er sich von diesem Schauplatz entfernt, bedenkt er noch mit einem vernichtenden Blick diese laute Frau, die so unsensibel in den schönen Moment eingebrochen war. Dann geht er davon, findet den Tag in Gänze misslungen und befürchtet, dass Röschen das auch so sieht.

Harry

In Gedanken versunken schlendert Harry durch die romantische Altstadt. Der Anblick der Fachwerkhäuser, Winkel und kopfsteingepflasterten Plätzen sind ihm von Jugend an vertraut. Er mag das Flair aus altertümlichen Bauwerken, den vielen kleinen Läden und all den Bäumen, Blumenkübeln und Efeu. Es ist gut, wieder zu Hause zu sein, denkt er. Wenn ich eine Familie gründen wollte, dann hier. Wahrscheinlich bin ich in Australien deshalb nie so weit gekommen, weil ich dort nicht alt werden wollte - reine Schutzmaßnahme meines Unterbewusstseins ... Wie von selbst biegt er ab zum Bach. Auf der anderen Seite liegen hübsche kleine Häuser mit verwachsenen Gärten. Vogelgezwitscher und Insektensummen vermischen sich - hier scheint die Welt in Ordnung zu sein. Harry atmet die laue Luft ein. Diese Strecke kennt er gut. Nun macht der Weg eine kleine Biegung. Nichts hat sich verändert, nur dass daraus ein Trampelpfad geworden ist, mitten durch dichtes Gestrüpp. Oft ist er hier gegangen, sehr oft sogar. Das Ambiente ändert sich. Von den beschaulichen Häuschen keine Spur mehr, stattdessen kriecht Moder in seine Nase. In den Büschen hängen ausgebleichte Plastiktüten, auf dem Boden liegen rostige Bierdosen und anderer Müll. Auch das kennt Harry. Ein paar Meter noch, dann wird es lichter … wie automatisch setzt er einen Fuß vor den anderen. Dann bleibt er stehen, starrt auf einen heruntergekommenen Wohnblock. Länglich, grau und trostlos ist er – wie damals schon. Immer noch flattert die Wäsche auf den schmucklosen Balkonen. Eine alte Frau, na ja, vielleicht ist sie noch gar nicht so alt, wie sie aussieht, schlurft zum Müllcontainer, dabei stolpert sie über herumliegendes Gerümpel. Ein Paar streitet sich, Harry könnte ergründen worüber, aber er hat andere Gedanken. Harry nimmt dieses Bild auf. Es ist alles geblieben, wie es war. Er erinnert sich an den allgegenwärtigen Geruch von Kohlsuppe im Hausgang und vor den Wohnungstüren. Sicher ist das immer noch so, denkt er. Hier hatte sein bester Freund gewohnt. Fred. Es war eine besondere Freundschaft gewesen. Fred hatte einen klugen und feinsinnigen Geist. Prügeleien ging er geschickt aus dem Weg, fürs Kämpfen war er nicht geschaffen. Seine Stärke war, dass er Situationen treffsicher einschätzen konnte; mit seinen Prognosen lag

182

er fast immer richtig. Harry verließ sich darauf und nahm ihn dafür in Schutz vor Spott und Mobbing; die trafen Fred häufig, den Sohn arbeitsloser Eltern, die keine Absichten pflegten, diesen Zustand zu beenden. Mit Markenklamotten und Edel-Hobbys konnte Fred nicht glänzen wie die Sprösslinge aus der gutbürgerlichen Mittelschicht, nein – aber er war schlauer als sie. Weitaus schlauer. Das machte ihn einerseits überlegen, andererseits aber nicht beliebter, denn das was Fred hatte, konnten ihre Eltern nicht kaufen. Ihr Neid machte sie noch dümmer, als sie sowieso schon waren und ließen ihn an Fred aus.

Harry hatte auch schon als Jugendlicher keinen Wert auf modischen Schnickschnack gelegt, es war ihm grundsätzlich egal. Für ihn zählte die Freundschaft. Fast täglich hatten sie in ihrer Freizeit zusammengesteckt. In ihrer großen Verbundenheit fühlten sie sich sicher und konnten sich nicht vorstellen, dass diese einmal zerbrechen könnte. Bis zu dem Tag, an dem alles anders wurde. Er war, wie so oft, auf dem Weg zu ihm gewesen. Doch schon in Sichtweite auf Freds Wohnblock sah er zwei grobschlächtige Kerls, die brutal auf einen schmächtigen Jungen einschlugen. Er hörte ihr bösartiges

Gelächter, die dumpfen Schläge und das Stöhnen des Opfers. Starr vor Schreck blieb er stehen. Keine Frage, das war sein Freund Fred. Es war klar, dass jeder, der in die Fänge dieser Beiden gerät, lange Zeit nicht mehr lacht – und ebenso klar war, dass er eingreifen musste. Jetzt sofort. Den Freund beschützen. Das hat er immer getan ... nur er konnte nicht. Seine Füße waren wie angenagelt. Mit dicken, langen, unsichtbaren Nägeln angenagelt. Unfähig sich zu bewegen hatte er dem gnadenlosen Treiben zugeschaut, war zusammengezuckt, als einer der Beiden Fred noch abschließend in die Seite getreten hatte, bevor sie breitbeinig und laut johlend davongingen.

Totenstille lag über dem Platz. Niemand aus dem Haus hatte Notiz oder Anteil genommen, niemand war herausgekommen, um einzuschreiten. Schockiert hatte Harry in seinem Versteck hinterm Busch verharrt und nicht gewusst, ob sein Freund noch lebt. Dann sah er zu, wie Fred sich mühsam aufrichtete und sich kriechend zum Haus schleppte. Verzweifelt drehte Harry sich um und ging den Weg in die Stadt zurück.

Genau an der gleichen Stelle wie damals, als er seinen Freund verraten hatte, steht er jetzt. Es fühlt sich so aktuell und bedrückend an, als wäre es gerade erst

184

geschehen. Ich bin nicht drüber weggekommen, dass ich ihn so im Stich gelassen habe, weiß Harry. Nie. Damals nicht und jetzt auch nicht. Seither schäme ich mich über meine Feigheit. Fred hatte wahrhaftig Grund, enttäuscht von mir zu sein. Aber ich, ich bin es so sehr, dass ich mir nichts mehr zutraue. Seither fürchte ich mich davor zu versagen, elendiglich zu versagen, wenn es darauf ankommt. Nach diesem Tag bin ich meinem Freund aus dem Weg gegangen. Alle seine Versuche, mit mir in Kontakt zu treten, habe ich so lange abgeblockt, bis er aufgab.

Kurz nach seiner Berufsausbildung verließ Harry seine Heimatstadt, versuchte woanders Fuß zu fassen und floh dann einige Zeit später nach Australien. Weit weg von zu Hause halfen ihm neue Lebensgewohnheiten und Herausforderungen, die schlimme Sache zu vergraben. Er fühlte sich zwar gut, aber niemals wieder so unbeschwert wie in jungen Jahren.

Erst seit er wieder hier ist, meldet sich machtvoll die alte Geschichte und lässt ihm keine Ruhe mehr. Die letzten Nächte hat er sogar davon geträumt. Alptraum nennt man das. Ich muss das ändern, grübelt er verzweifelt. Wie soll das gehen, wenn doch keine Sterne

185

mehr zur Verfügung stehen. Walter hat Glück gehabt, denkt er ein wenig neidisch. Seine veränderte Haltung zur „Sterntaler-Geschichte" und alles, was damit zusammenhängt, wundert ihn inzwischen nicht mehr. Sie hat sich bereits etabliert und sehnsüchtig rollt er wieder und wieder Walters Schilderung über die Wirkung seines Sternes auf. Einen „Kuss des Himmels" nennt er ihn. Dieser zynische, humpelnde Kneipengänger ist weich geworden. Harry atmet tief ein. Es lässt sich nicht leugnen, die Wirkung dieses Sternes muss tiefgreifend gewesen sein.

Mit forschendem Blick schaut er in den sternenlosen Nachmittagshimmel. Außer ein paar Wolken ist dort nichts zu sehen. Die alte Geschichte hängt wie eine Schlinge um seinen Hals, er wünscht sich nichts sehnlicher, als sie loszuwerden.

„Ich will auch einen „Kuss aus dem Himmel"! Oh Gott, ich brauche Hilfe, denn allein kann ich es nicht schaffen."

Bei all diesen Überlegungen verändert sich die Perspektive seiner Erinnerung an die Jugendzeit. Die schönen Zeiten von damals fallen ihm wieder ein. Wehmut erfüllt ihn, denn er hat seinen besten Freund verloren.

Wie es ihm wohl geht und was aus ihm geworden ist? Denkt er noch an mich? Womöglich voller Hass? Oder Anklage? Harry weiß es nicht. Vielleicht sollte ich Kontakt zu ihm aufnehmen, überlegt er. Vorsichtig anfragen. Erklären, dass ich selbst solche Angst hatte. Mich entschuldigen. Hoffen, dass er es versteht und mir verzeiht. Vielleicht kann ich mir dann selbst auch mal vergeben. Und dann schreit Harry laut heraus:

„Ich vermisse dich Fred. Ich vermisse dich und es tut mir so leid."

Harry tritt den Rückweg an, vorbei an Sträuchern und Häusern, die er nicht wahrnimmt, weil er tief in Gedanken versunken einen Schritt nach dem anderen setzt. Trotzdem erreicht ein jammerndes Maunzen sein Ohr. Suchend, wo das Geräusch herkommt, bleibt er stehen. Am Wegrand kauert eine kleine, sehr dünne Katze, die nicht aufsteht und davonspringt, als er sich ihr nähert. Sie hält geduldig still und lässt seine behutsame Suche nach Verletzungen geschehen. Äußerlich erscheint sie unversehrt, was Harry zu der Schlussfolgerung bringt, dass er sie zu einem Tierarzt schaffen muss.

„Bist du angefahren worden? Ich bring dich jetzt an

einen Platz, wo es Hilfe für dich gibt. Weißt du was, ich bringe dich ins Tierheim."

Vorsichtig hebt er sie auf seinen Arm, und freut sich, dass er einen Grund hat, dorthin zu gehen.

„Wie gut, dass du eine Katze bist, mit dir kann ich gleich in der richtigen Abteilung auftauchen."

An der Rezeption wird er von dem Mädchen mit der Stoppelhaarfrisur empfangen. Und weil er beim Tierheimpersonal bekannt und beliebt ist, will sie ihn in ein Gespräch verwickeln. Er sieht seinen Plan, Röschen zu treffen, wanken. Ihm ist nicht nach Smalltalk zumute, denn sein Bedürfnis, das unglückliche Ende ihres Abenteuers aus dem Weg zu räumen, ist groß. Entschlossen visiert er die Katzenabteilung an, kommt aber nicht sehr weit. Anja, so heißt die Stoppelhaarfrisur pfeift ihn zurück.

„Bleib doch mal stehen. Wo willst du denn hin?"

Mittlerweile ist er per du mit der Belegschaft und Anja entdeckt das kleine Kätzchen auf seinem Arm.

„Och, was hast du da denn gefunden! Schaut halbverhungert aus."

„Sie lag am Wegrand. Vielleicht ist sie verletzt und

braucht einen Arzt."

„Hm, sie macht nicht den Eindruck, als hätte sie Schmerzen. Ich lasse nachschauen, man kann ja nie wissen."

Das Mädchen krault die kleine Katze mitleidig hinter den Ohren, was ihr offensichtlich gut gefällt, denn sie fängt prompt zu schnurren an.

„Na, so schlimm kann es nicht sein. Lass sie hier, ich kümmere mich darum."

Das ist nun nicht Harrys Absicht gewesen, weiß er doch genau, wo er hinwill.

„Ach lass, ich geh gleich hinter in die Katzenabteilung, OK?"

In der Hoffnung, sein Ziel doch noch zu erreichen, setzt er sich eilig in Bewegung. Leider kommt er nicht weit, denn Anja nimmt die Angelegenheit in ihre Hand.

„Nein, nein, dort ist gerade niemand. Ich bringe sie später selbst hinter."

Enttäuschung macht sich in ihm breit. Ach schade, sie ist nicht da.

„Machst du heute allein Dienst. Wo ist denn deine Kollegin?"

„Welche?"

„Na die aus der Katzenabteilung. Röschen."

„Ach Röschen. Heute arbeitet sie nicht. Du kannst mir deinen Fund getrost anvertrauen, ich mache das genauso gut."

Widerwillig akzeptiert er die Lage. Es würde helfen, wenn ich ihre Telefonnummer hätte, denkt er. Aber bei der Kollegin danach fragen will er nicht. Auch wenn seine Laune gerade einen Dämpfer bekommen hat, nimmt er sich Zeit für ein kleines Schwätzchen.

„Was macht ihr eigentlich mit den vielen Katzen, die bei euch abgeliefert werden. Schläfert ihr sie irgendwann ein?"

„Wir sind auf Online-Plattformen unterwegs. Dort suchen wir Tierfreunde, die sie nehmen. Eingeschläfert werden sie nur, wenn sie krank sind. Wir versorgen sie medizinisch auf unsere Kosten. Da kommt ein ordentlicher Batzen Geld zusammen, den wir bezahlen müssen."

„Ja, kann ich mir vorstellen. Gute Sache, die ihr da macht. Wo bekommt ihr das Geld her?"

„Na ja, es gibt Töpfe, die man anzapfen kann, Spenden, Flohmärkte und so etwas eben."

„Flohmärkte? Sind da alle eure Mitarbeiter im Boot?"

„Ja, in der Regel schon. Hast du schöne Sachen, die du nicht mehr brauchst? Wir sind dankbare Abnehmer."

„Nein, mein Hausstand ist ganz frisch. Ich habe nichts, was ich loswerden will. Aber über eine Spende könnte ich schon nachdenken."

„Hört sich gut an."

Harry verabschiedet sich und wischt sich im hinaus gehen Katzenhaare vom Hemd. Bis zum nächsten Mal, hatte sie ihm noch nachgerufen. Bestimmt bald, denkt er. Es ist nicht so, dass er Tiere rettet, um einen Grund zu haben, ins Tierheim zu gehen, obwohl er das in letzter Zeit sehr gerne tut. Er sieht sie einfach. Sie sind überall. Weiterlaufen ohne zu helfen ist keine Option für ihn. Dazu hat er ein zu mitleidiges Herz. Also rettet er sie. Das war schon immer so. Einmal hatte ihn jemand gefragt, ob er ein Flugticket verfallen lassen würde, nur um einem Tier zu helfen. Harry weiß es nicht. Zum Glück ist er noch nie in so eine heikle Lage geraten.

Nettes Mädel, denkt er, doch leider nicht die, mit der er unbedingt reden muss. Am liebsten heute noch. Hoffentlich hat sie noch Lust dazu, bangt er und ist da nicht so sicher.

Ganz im Gegensatz zu seinen Gewohnheiten, private

Dinge für sich zu behalten, hat er Röschen ja schon in seinen Wunsch, einen Stern zu bekommen, eingeweiht. Sie weiß so viel von mir, denkt er, viel mehr als ich von ihr. Bin ich verrückt oder bin ich verliebt? Oder liegt meine erschreckende Mitteilsamkeit daran, dass sie die Sternengeschichte nicht für blanken Blödsinn hält. Ich weiß es nicht.

Von seinem Date, das in Kürze stattfinden soll, hat sie allerdings keine Ahnung. Das soll sie auch nicht haben. Röschen, glaube mir, ich habe meiner Schwester zuliebe zugesagt. Mir liegt nichts daran, murmelt er.

Was genau sind gemeinsame Pläne

Vor Rachel steht ein „Charlie Spezial", persönlich von Charlie serviert. Eigentlich hätte sie, wenn es denn möglich wäre, lieber einen Salat bestellt, denn dieser würde ihren Diätplan nicht durchkreuzen - Ja, ja, aber leider auch nicht so unvergleichlich gut schmecken.

„Charlie, wo treibst du nur diese Marmelade auf. Ich würde ein Gourmetessen wegschmeißen dafür."

Bekanntermaßen hält Charlie von ihren Marmeladen auch große Stücke. Das Kompliment ist nett gemeint, sie weiß das und lacht gutmütig.

„Danke, ich empfehle dir, viel davon zu essen. Sie ist vitaminerhaltend zubereitet und gesund. Schau mich an, sie wirkt verjüngend."

Rachel kommt der Aufforderung nach, schmunzelt und findet insgeheim, sie sollte vielleicht kalorienarmes Gemüse auf ihr Brot legen. Verjüngend wäre nicht das Wort ihrer Wahl gewesen.

Von Rachels nicht erfolgtem Kommentar ein wenig provoziert, klopft Charlie ihr freundschaftlich auf die

Schulter.

„Vielleicht kommt heute noch ein Gast, der mich für deine Schwester hält."

Rachel lacht, wirft ihr langes Haar zurück.

„Klar, für meine Jüngere. Ich bin auch schon auf die Idee gekommen."

Heute wird nicht Karten gespielt. Mara hatte sie hergebeten, weil sie eine wichtige Mitteilung machen will. Rachel ist gespannt darauf und hofft, dass ihren Plänen nichts in die Quere kommt.

Sie weiß, dass nicht jeder mit ihrer aufbrausenden, unbeherrschten Art zurechtkommt und ist deshalb umso dankbarer über die Freundschaft mit der gutmütigen Mara. Die nimmt sie, wie sie ist und schätzt ihrerseits die unverfälschte Offenheit der Freundin. Rachel hat ein gutes Herz, auch wenn man es nicht sofort erkennt. Weil sie es bei Mara nicht unter Beweis stellen muss, liebt sie sie und fühlt sich bei ihr zuhause.

Mara hat klar definierte Statements über „gut und nicht gut" und wird deswegen gelegentlich von Rachel kritisiert, beziehungsweise der geistigen Unbeweglichkeit beschuldigt. Rachel nimmt an, dass die Nutzung von Dating-Portalen auf der „Nicht-guten-

Seite" stehen, zumindest wenn Mara sie selbst in Anspruch nehmen soll und stellt sich auf weitere Überzeugungsarbeit ein. Das nimmt sie in Kauf, denn sie hat große Lust, das Leben der geliebten Freundin zu verändern

Nicht zum ersten Mal stellt Rachel fest, dass man sich in Charlies gemütlichem Café „sauwohl" fühlen kann, denn es bietet die perfekte Atmosphäre, Freunde bei einem entspannten Plausch zu treffen. Weil man aber fast das Gefühl hat, im eigenen Wohnzimmer zu sitzen, möchte sie das Date nicht hier planen. Es ist viel zu persönlich. Viel zu nah. Sie weiß, dass sie in diesem Punkt nachgeben muss, wenn sie ihr Ziel erreichen will, denn Mara hat sich klar ausgedrückt.

Am meisten stört sie, dass Röschen mit von der Partie ist. Dass sie Mara das nicht ausreden konnte ... schon allein deren Style muss von Grund auf aufgepeppt werden, vom Rest ganz zu schweigen. An dem werde ich nicht viel ändern können, resümiert sie verärgert. Rachel spürt heftigen Widerstand in sich aufwallen. Unwillig zieht sie ihre Augenbrauen hoch. Was für eine abstruse Idee, diese graue Maus mitzunehmen, schimpft sie wortlos. Womöglich werde ich mit ihr in einen Topf geworfen und das werde ich keinesfalls zulassen. Ich muss mir etwas einfallen lassen.

Mara lässt sich auf den Stuhl neben ihr fallen, schaut sich suchend um.

„Röschen ist noch nicht hier?"

Rachel kostet unter behaglichen Lauten einen Schluck Kakao.

„Bis jetzt noch nicht, nein. Hör mal, musst du sie unbedingt zum Date mitzunehmen? Sie hat so einen morbiden Hang, fürchterliche Klamotten anzuziehen. Fällt dir das denn gar nicht auf? Es wird einigen Aufwand kosten, damit sie wenigstens ordentlich gekleidet erscheint, aber dafür werde ich sorgen, das verspreche ich dir. Aber das größte Problem ist das nicht."

Mara schweigt vorsichtshalber, denn ihr ist vollkommen klar, dass sie in dieser Sache auf harten Widerstand bei Rachel stößt. Rachel legt sich noch mehr ins Zeug.

„Der Rest Mara, es geht um den Rest. Du kannst sie nicht mitnehmen, verstehst du das? Sie wird die ganze Zeit vor sich hinstarren und schweigen. Und wenn sie etwas sagt, dann sind es nervtötende oder langweilige Bemerkungen, die mich entweder rasend machen oder verlegen."

Mara bleibt stur. Röschen dabei zu wissen, nimmt ihr ein wenig die Angst. Lieber wäre ihr eine spontane Begegnung im normalen Leben. Was spricht dagegen, dass zum Beispiel ein alleinerziehender Vater seine Kinder von der Kita holt und auf sie aufmerksam wird. Ein neuer Nachbar könnte einziehen, ein Kassierer im Supermarkt an ihr interessiert sein, was auch immer. Es gibt so viele Möglichkeiten, denkt sie. Faktisch ist aber niemand in Sicht. Also dann, es ist in Ordnung, dass ich Rachels Vorschlag angenommen habe.

„Du verstehst das nicht, ist mir klar. Ich bin nicht du und du bist nicht ich und du weißt nicht, wie es ist, ich zu sein. Ja? Sie muss dabei sein, ich brauche das.

Rachel folgt der Erklärung aufmerksam. Na, immerhin - es ist keine Absage. So stimmt sie widerwillig zu.

„Ja, alles klar."

Mara ist froh, dass dieser Streitpunkt beigelegt ist. Sie bestellt für sich und Röschen ebenfalls ein „Charlie Spezial".

Wie gewohnt, erscheint diese etwas zu spät. Rachel zeigt sich ärgerlich und ungeduldig, denn sie hasst Unpünktlichkeit. Nun können sie endlich zur Sache kommen. Mara hat eine wichtige Mitteilung angekündigt und Rachel ist gespannt, was es sein wird.

Um Zeit zu gewinnen, rührt Mara in ihrer Tasse, während Rachel immer ungeduldiger wird.

„Der hat ganz sicher die richtige Trinktemperatur."

Mara schluckt ein wenig und stellt die Tasse ab. Was sie nun ihren Freundinnen offenbaren wird, kostet sie Überwindung. Sie gilt als bodenständige Person und diesen Ruf würde sie gerne behalten.

„Ich muss etwas mit euch besprechen, aber es fällt mir schwer."

Röschen fordert sie auf.

„Sag's einfach. So schlimm kann es nicht sein."

„Ihr habt Beide von diesen Sternen gehört, ja? Ihr wisst auch, dass man sich von äußerst positiven Auswirkungen auf den Empfänger erzählt?"

Rachel gefällt es nicht, dass dieses verwunderliche Thema schon wieder auf dem Tisch ist. Trotzdem hört sie aufmerksam zu. Röschen ist auch ganz Ohr.

„Das Hauptthema meines Bruders sind die vermissten Sterne. Die Veränderung seines Freundes, also Walter, ist gewaltig und nicht zu übersehen. Alles wegen so einem Ding. Das glaubt er jedenfalls und Walter denkt natürlich

198

genauso. Jetzt will er auch einen haben, weil er sich Hilfe von ihm erhofft. Die braucht er dringend, sagt er, weil er nicht weiß, wie sein Leben sonst weitergehen soll. Wenn Dicky so dramatisch wird, dann ist die Sache ernst."

Mara schaut in die fragenden Gesichter ihrer Freundinnen. Über Rachels Gesicht huscht ein kurzes Lachen, Dicky ist ein wenig schmeichelhafter Name, findet sie.

„Ich weiß, ich weiß, ihr haltet das für ausgemachten Nonsens. Aber aktuell wünscht er sich nichts sehnlicher als nun mal so einen Stern. Und jetzt kommt es. Der Funke ist auf mich übergesprungen. Haltet mich für übergeschnappt oder nicht, aber ich will jetzt auch einen haben."

Rachel verliert kurz die Kontrolle über ihre Gesichtszüge. Röschen zuckt unmerklich zusammen. Mara will ihre Zustimmung gewinnen.

„Wenn das wirklich alles so stimmt, ist das doch eine geniale Sache, oder nicht? Ich weiß, ich weiß, jeder vernünftig denkende Mensch hält so etwas für unmöglich. Aber vielleicht gehört das zu den Dingen, die mit Vernunft nichts zu tun haben, weil sie anders funktionieren. Was meint ihr?"

199

Weder Rachel noch Röschen hätten bei der stabilen Mara so einen abgehobenen Wunsch vermutet und sind dementsprechend überrascht. Rachel bemüht sich, ihren aufsteigenden Unmut zu bändigen, denn sie will heute Nachmittag sehr viel lieber ihre eigene Idee verfolgen und nicht über entartete Himmelskörper sprechen.

Röschen hat es die Sprache verschlagen, was nicht weiter auffällt. Niemals hätte sie ihre Freundin so eingeschätzt. Ihr ist es unangenehm, darüber zu sprechen, denn Sterne sind eine rein private Angelegenheit, findet sie. Sie will das nicht von Mara wissen. Nein. Warum denn auch? Kann sie sich nicht auf konventionelle Methoden beschränken und mithilfe von so einem albernen Dating Portal einen Partner finden?

„Ehm, wie wäre es, Rachels Plan zuerst zu verfolgen."

Dass ausgerechnet von Röschen Unterstützung kommt, wundert Rachel und macht sie fast ein wenig dankbar. Ihrer Freundin gibt sie zu bedenken:

„Sterne? Du weißt, die sind alle verschwunden. Aus der Ecke kannst du nicht mit Hilfe rechnen. Wo willst du einen auftreiben? Bei was überhaupt soll er dir denn helfen, etwa bei der Partnersuche? Ein Stern liegt vor deiner Türe, du hebst ihn auf und küsst ihn und sofort

verwandelt er sich in den perfekten Mann? Haha …
Komm schon, ich habe das Date bereits ausgemacht. Bitte
zerstöre meinen guten Ruf nicht, wir müssen das jetzt
durchziehen."

Mara findet sich selbst schräg. Trotzdem, ihr Wunsch
verfestigt sich immer tiefer, je mehr sie sich auf die Sache
einlässt.

„Ich habe nicht das Date abgesagt, OK? Ich will nur
dieses Diebesgut finden und ihr müsst mir dabei helfen"

Rachel weiß es. Röschen weiß es auch. Die gutmütige,
harmoniesüchtige Freundin legt sich nur ins Zeug, wenn
sie etwas wirklich will. Offensichtlich ist das jetzt der Fall.

Rachel lenkt ein, denn Mara ist willig und wird sich
mit dem netten jungen Mann treffen. Das genügt für den
Augenblick.

„Na gut, ich helfe dir, bitte erzähle es niemand. Wie
willst du das anstellen? Aber Freitag findet das Date statt,
das geht klar?"

Mara zieht ein kleines Gerät aus ihrer Tasche.

„Ja ist gut, am Freitag trete ich an. Das ist ein
Metalldetektor. Mit dem geh ich jetzt an die Taschen
fremder Leute und überprüfe, ob sich darin Metall
befindet. Ihr macht es genauso. Wie findet ihr die Idee?

Rachel fühlt sich momentan überfordert. Das will sie nicht tun, da ist sie sich sicher. Röschen ist mulmig zumute. Sie will auch nicht dabei sein, sieht für sich aber keine Möglichkeit, aus der Nummer herauszukommen. Deshalb seufzt sie tief.

„Na gut, wenn du meinst."

Rachel wirft einen prüfenden Blick in ihre Richtung. Auch heute ist ihr Erscheinungsbild nicht sehr ermutigend. Und diese Tasche! Immer trägt sie die in letzter Zeit mit sich herum. Einer spontanen Eingebung folgend, versucht sie noch einmal, danach zu greifen. Es gelingt ihr nicht, denn das unmodisch gekleidete, nicht vorzeigbare Röschen reagiert blitzschnell und zieht die Tasche zurück. Mit halb geschlossenen Augen wendet sich Rachel an Mara.

„Du willst wirklich an die Taschen fremder Leute gehen?"

„Ganz genau. So geht das zum Beispiel"

Maras Hand schnellt nach vorne. Dieses Mal ist Röschen nicht flink genug, ihre Tasche in Sicherheit zu bringen. Der Metalldetektor ist zu nahe dran und piepst in beachtlicher Lautstärke. Erschrocken starren die Drei auf das Gerät, Röschens Gesichtsausdruck wirkt eher verzweifelt. Rachel steht der Mund offen, dann fängt sie sich wieder und lacht.

„Hast du wieder Katzenfutter mitgenommen, falls dir unterwegs eine hungrige Katze über den Weg läuft? Ich fasse es nicht. Unsere Freundin führt, egal wohin sie geht, Dosenproviant mit sich herum. Ihre Tierliebe ist grenzenlos. Wir gehen einkaufen, wir Beide."

Verlegen nimmt Mara den Detektor wieder an sich. Sie wollte

Röschen nicht in Verlegenheit bringen.

„War ja nur eine Idee. Wir horchen uns um und fragen die Leute, wer in letzter Zeit ganz besonders glücklich und zufrieden geworden ist. Das könnte doch eine Spur sein, oder nicht. Was meint ihr?"

Rachel hat sowieso keine Lust zu dieser albernen Aktion

„Du spinnst doch! Sterne suchen gehen! Auch noch welche, die völlig dubioser Herkunft sind. Wie stellst du dir das denn vor, da ist irgendein Mensch glücklich, wir werden vorstellig und unterstellen ihm, „Himmelssterne" gestohlen zu haben. Ich will nicht abtransportiert werden. Und es ist auch nicht klar, wohin sie uns dann bringen. Es gibt Orte, da kommt man nur ganz schwer wieder heraus!"

Röschen findet keine Worte mehr, so schockiert ist sie. „Die Stunde der bizarren Neuigkeiten" gehört bekanntlich auch zu ihren bevorzugten Radiosendungen. An dem Nachmittag, an dem der Bericht über das „Sterntalerkind" gesendet wurde, war sie ellenbogentief mit Reinigungsarbeiten beschäftigt gewesen. Mangels ausreichend finanzieller Mittel, muss jeder im Tierheim seine Abteilung selbst in Ordnung halten. Eine Putzkraft ist im Etat nicht vorgesehen. Röschen versüßt sich die müßige Putzerei mit interessanten Geschichten aus dem Radio.

Selbstverständlich wurde auch ihr Interesse durch den Bericht geweckt. Man muss sich das mal vorstellen ... eine Frau, aus himmlischen Regionen entsandt ... mit Sternen aus derselben Gegend bepackt, hält sich in naher Umgebung auf. Sie verteilt ihre Fracht an Menschen, die daraufhin Hilfe für ihre speziellen Bedürfnisse erfahren. Das hatte so eine verlockende Wirkung auf Röschen, dass von dieser Stunde an der Wunsch nach einem solchen Stern in ihr geboren wurde. Niemals würde sie jemand einweihen, weil es ausschließlich ihre Sache ist und niemand etwas angeht.

Bei Rachel rechnet sie grundsätzlich mit Übergriffen, deswegen ist sie von Haus aus achtsam und wenig überrascht, wenn welche kommen. Nicht so bei Mara. Deren Verhalten erschreckt und verunsichert sie. Röschen will sich in Sicherheit bringen, so wie sie es all die Jahre praktiziert hat und rafft hastig Tasche und Jacke an sich. So schnell wie möglich weg von hier, lautet ihre Devise.

„Ich muss gehen, es wird höchste Zeit für mich."

Dieses Mal macht Rachel ihr einen Strich durch die Rechnung. Die will nicht Sterne suchen gehen. Das ist so sicher, wie das Amen in der Kirche. Rachel will „daten" und so wie die Situation sich entwickelt, ist es kein Fehler, Geschwindigkeit in die Vorbereitung zu legen, wer weiß auf welche Ideen Mara sonst noch kommt. Sie hält Röschen am Ärmel fest und lässt sie nicht gehen.

„Nein, nein, nein, du gehst jetzt nicht. Wir wollen es nicht zur Gewohnheit werden lassen, dass du einfach verschwindest und uns sitzen lässt. Wir zwei gehen einkaufen – ein Outfit für das Date – du erinnerst dich?"

Röschen befindet sich im Fluchtmodus, ist nicht auf Kampf eingestellt und starrt Rachel entsetzt an. Diese weiß die Gunst der Stunde zu nutzen und nagelt sie gleich fest.

„Heute, jetzt gleich. Man wird dich nicht wieder erkennen, wenn ich mit dir fertig bin. Du wirst sehen, es macht Spaß."

Unterwegs auf lehrreichen Pfaden

Die Wege hier sind nie, wie man sie sich vorgestellt hat. Ich dachte, dass wir das Flussufer in kurzer Zeit erreichen würden, habe aber das Gefühl, inzwischen stundenlang unterwegs zu sein. Wenn ich genauer darüber nachdenke, hat sich mein Zeitgefühl schon lange verabschiedet. Im Grunde ist es mir gleichgültig, wie kurz oder lange hier etwas dauert. Das fühlt sich sowohl eigenartig wie auch vollkommen normal an. Nun denn, so ist es.

Es macht mir Spaß, mit dieser Gruppe zu laufen und ich genieße die Gemeinschaft mit ihr. Die Blumenhaine liegen hinter uns und vor uns breitet sich eine flache Ebene aus, über die wir wandern. Zwischendurch trällert einer von uns ein Liedchen und die Stimmung ist ausgelassen. Mittlerweile liegt der Fluss nur noch einen Steinwurf entfernt vor uns. Mit lautstarken Begeisterungsschreien begrüßen wir ihn und legen in die letzten Meter Tempo. Gleich als Erstes reiße ich meine Socken von den Füßen, kremple meine Hosenbeine hoch und wate ins seichte Uferwasser. Es ist herrlich kühl und frisch. Meine Zehen bohren sich in den weichen Flusssand, was für ein angenehmes Gefühl. Er ist gelblich und körnig, quillt zwischen meinen Zehen hervor und wird auch gleich wieder von dem fließenden Wasser weggespült. Nachdem ich dem Spiel eine Weile zugeschaut habe, halte ich Ausschau nach meinen Wanderfreunden. Die sitzen und liegen an Steg und Ufer verteilt und genießen offensichtlich dieses schöne Fleckchen Natur. Der ältere Herr, der die Geschichte des Heilungsgebetes erzählt hat, winkt mir zu und lädt mich ein, mit ihm den Steg zu teilen. Ich lasse mich also auf den Holzdielen, die wesentlich weniger hart sind als man annehmen würde, nieder. Bevor ich hierherkam, dachte ich, ich bin die Einzige, die in Sachen „Mission aus dem Himmel" unterwegs ist. Mittlerweile habe ich aber verstanden, dass das nicht stimmt, denn eine Menge Leute erfüllen Aufträge unterschiedlichster Art, die sie von IHM erhalten haben.

Das trifft auch auf meinen sympathischen Wandergenossen zu, der mit „fortgeschritten jugendlich" beschrieben werden kann. Er strahlt gleichzeitig Vitalität und Reife aus. Vielleicht erzählt er mir seine Geschichte, denke ich, das würde mich sehr interessieren, also frage ich ihn. Bereitwillig nimmt er mich mit in sein Abenteuer …

„Als ich noch ein junger Mann war, schenkte der Herr mir eine wunderbare Frau, zwei Söhne und eine Tochter. Wir lebten sehr glücklich als Familie, bis der Tag kam, an dem mein ältester Sohn die Diagnose Leukämie erhielt. Zwei Jahre des Leidens, Hoffen und Bangens folgten darauf. Wir beteten für unser Kind zum Vater des Himmels und Schöpfer des Universums um Heilung, doch dieser Krebs fraß sich in seinem kleinen Körper immer weiter fort. Ich kann dir versichern, wenn man durch so eine schwere Zeit gehen muss, bleibt kein Stein auf dem anderen. So war das auch bei mir. All die festen Überzeugungen meines Glaubens wankten und lösten sich in unbrauchbare Fetzen auf. Ich stand nur noch mit meinem Schmerz, mein Kind so leiden zu sehen und der Angst, es zu verlieren, da. Beten konnte und wollte ich auch nicht mehr. Ich verlor die Hoffnung auf Hilfe von Ärzten und auch von Gott. Mein Herz füllte sich mit Aufstand gegen IHN. Ich fand es ungerecht und grausam, dass er die Krankheit meines Sohnes zugelassen hatte und ihn trotz der vielen, vielen Gebete, die wir gen Himmel schickten, nicht heilte. Die Ärzte bereiteten uns darauf vor, Abschied von unserem geliebten Kind zu nehmen. Wir nahmen ihn mit nach Hause, denn wir wollten ihn in unserer letzten gemeinsamen Zeit ganz für uns allein haben. Dort saßen wir zu jeder Stunde des Tages und der Nacht an seinem Bett. Er schlief die meiste Zeit und voller Angst überprüfte ich seine flachen Atemzüge. Mir war so schmerzlich bange, dass es jeden Moment sein Letzter sein könnte. Einen kurzen Moment muss ich eingenickt gewesen sein, ich spürte seinen Blick auf mir und war auf der Stelle hellwach. Dann überraschte er mich wirklich.

„Papa, Jesus hat zu mir gesagt, dass du für mich beten sollst."

Du kannst dir nicht vorstellen, wie perplex ich von dieser Aufforderung war.

„Jesus hat das zu dir gesagt? Wie hat er das getan?"

„Er war hier, bei mir. Als ich schlief. Da hat er gesagt, du sollst für mich beten, dass ich wieder gesund werde."

In meinem Herzen passierte eine Art Erdbeben. Ich weinte, legte eine Hand auf meine Brust und die andere auf den Kopf meines Kindes, dann bat ich den Herrn, meinen Sohn zu heilen. Das tat ich, obwohl alle Hoffnung auf eine Erhörung meiner unendlich vielen Gebete in meinem Herz erloschen war und auch in diesem Moment fühlte es sich nicht anders an als sonst. Danach schlief mein Kind wieder ein. Ich konnte nicht aufhören zu weinen, hielt seine kleine Hand und beobachtete voll Kummer, wie seine Atemzüge seinen Brustkorb hoben und senkten. Meine Frau kam zu mir, um mich abzulösen, aber ich wollte nicht gehen. So setzte sie sich neben mich und schwieg. Dann stieß sie mich in die Seite.

„Sieh mal, seine Haut ist rosiger, findest du nicht? Er atmet auch kräftiger, schau doch."

Doch, ja, ich konnte es erkennen. Seine Haut war rosiger, der Atem kräftiger und auch sonst war diese Todesnähe nicht mehr da. Wir sahen uns aufgeregt an, konnte es wahr sein? War Heilung gekommen? Und nun, ja, so belanglos es für einen Außenstehenden erscheinen mag, für mich war es die pure Freude zu sehen, was er dann tat. Er drehte sich zur Seite, zog seine Bettdecke über die Ohren und streckte einen Fuß heraus. Nach einer Gute-Nacht-Geschichte hatte er sich immer auf diese Weise in seine Kissen gekuschelt. Wir weinten, ich leise und meine Frau laut schluchzend. Sie eilte zum Telefon, um unseren Freunden die freudige Nachricht mitzuteilen. Mir liefen die Tränen immer noch in Strömen über die Wangen, ich blieb am Bett sitzen und konnte es nicht fassen. Mitten da hinein sprach Jesus zu mir.

„Ich bitte dich, für die Kranken zu beten. Willst du das tun?"

Ob ich das tun wollte? Was denkst du wohl? Natürlich wollte ich das tun. Seither bete ich für kranke Menschen, bis zum heutigen Tag, fügte er noch hinzu.

Ich bin beeindruckt, was für ein Leben er führt!

„Das ist wirklich grandios", sage ich, „sind alle, für die du gebetet hast gesund geworden?"

„Nein, leider nicht. Ich bete und ob er heilt oder nicht, ist seine Sache."

„Frustriert dich das nicht?"

„Gelegentlich schon, aber das verändert nichts. Er heilt, ich bete. Niemand ist in seine tiefsten Geheimnisse eingeweiht. Ich weiß nicht, warum er nicht immer heilt, obwohl er mir den Auftrag zum Beten dazu gibt."

Ich wurde hierhergeführt, weil mir bekanntlich ein großes Missgeschick geschehen ist. Aber er, warum ist er hier?

„Hast du etwas verbockt?"

Er lacht über meine Frage.

„Ja, das war bestimmt oft der Fall, aber deswegen bin

ich nicht hier. ER sorgt für Zeiten, in denen ich ausruhen und auftanken kann, deshalb darf ich kommen."

Nachdenklich betrachtet er mich.

Warum, denkst du, bist du hier?"

Ich schlucke. Ja, so ganz genau weiß ich das nicht. Bestrafung kann es nicht sein. Im Gegenteil. Ich wurde bewirtet, in Gemeinschaft aufgenommen und er hat sich für mich Zeit genommen. Darüber hinaus hat er mir versichert, dass er auf mich stolz ist - der reinste Wahnsinn - und sich mit dem Versprechen auf ein Wiedersehen verabschiedet. Ich habe hier nur Gutes erlebt. Und doch ... es reicht nicht, denn ich bin voll Verlangen, genauso geliebt zu werden wie jenes Gitarre spielende Mädchen. Von IHM im Angesicht meiner Mängel geliebt zu werden, ist Liebe, die ich mir zwar nicht vorstellen kann, unter deren Anspruch ich es aber nicht mehr mache. Alles andere ist mir belangloses Gewäsch. Dies ist absolut und kompromisslos. Ich weiß es und kann nicht anders. Gerade bin ich dabei, mich auf den Latten des Steges auszustrecken und suche eine bequeme Position. Die Geschichte des alten Mannes geht mir nahe. Ich will die vielen neuen Eindrücke noch einmal Revue passieren lassen und darüber nachsinnen.

Doch dazu kommt es nicht, weil jetzt ein eigenartiger langgezogener Ton über unsere Köpfe fegt.

Er nimmt an Lautstärke und Wucht zu und wird immer gewaltiger. Ein Horn, es muss ein Horn sein, besser gesagt sind es wahrscheinlich zwei oder noch mehr, die diese Schallgewalt erzeugen! Mir dringt es jedenfalls durch Mark und Bein. Erschrocken springe ich auf und sehe, dass die anderen bereits alle stehen. Gespannt und aufmerksam blicken wir in Richtung Haus, denn von dort kommt es. Insgesamt sind es drei Wiederholungen. Niemand kommt auf die Idee, sich hinzusetzen. Dafür ist gerade wahrhaftig nicht die Stimmung. Es scheint nun vorbei zu sein und keiner von uns sagt ein Wort. Wir stehen, halten den Atem an und werden in eine unglaubliche Heiligkeit mit hineingenommen. Selbst die Blätter an den Bäumen bewegen sich nicht mehr, kein Vogel zwitschert, alles steht still und wartet.

Etwas Gewichtiges muss geschehen sein, denn ich bin von solch einer großen Ehrfurcht und Freude ergriffen, dass ich diesen Zustand kaum aushalten kann. Meinen Wandergenossen geht es ähnlich, wir schauen uns an und beschließen wortlos, so schnell wie möglich dorthin zu kommen, wo das Horn geblasen wurde. Ich weiß, dass es unglaubwürdig klingt und ich habe keine Ahnung, wie es geschah, aber im nächsten Moment befinden wir uns im Hof des herrschaftlichen Hauses, in dem mir so großzügige Gastfreundschaft gewährt wurde.

Vereint mit der zahlreich anwesenden Menge stoßen wir nun Begeisterungsschreie aus. Ich selbst höre mich gerade laut „Halleluja" rufen. Das wundert mich, bin ich doch eher zurückhaltender Natur. Ich staune darüber, wie ich mich so verändern konnte. In der Mitte dieses Tumultes steht Jesus und das Mädchen. Er streicht ihr gerade zart über die Wange. Die Leute flüstern mir zu: „Sie hat ja gesagt, sie hat ja gesagt," und auch ich finde es grandios, dass sie das getan hat, obwohl ich nicht weiß, um was es eigentlich geht. Dann hängt sich das Mädchen ihre Gitarre über die Schulter, dreht sich um und geht durch das große Flügeltor hinaus. Liebevolle Worte, wie „Sei gesegnet" und „Gute Reise" begleiten sie. Auch ich mische mich in den Chor und

empfinde das als angebracht und normal.

All wir anderen bleiben zurück. Es sind außer Jesus und mir noch ungeheuer Viele. Inmitten des Geschnatters und Gelächters um mich herum, herrscht in mir nur noch ein einziger Gedanke. Sehnsucht überschwemmt mich, ich wünsche mir eine ebenso zärtliche Berührung von Jesus, wie das Mädchen sie bekommen hat. Ich kann nicht anders, ich muss ihn unentwegt anschauen und erschrecke, als er Blickkontakt mit mir aufnimmt. Nun bewegt er sich in meine Richtung, mein Verstand bleibt stehen und ich denke nicht mehr. Nichts. Deshalb dauert es ein paar Momente, bis ich begreife, dass er mir eine Frage gestellt hat.

„Weißt du was gerade geschehen ist?"

Kopfschüttelnd verneine ich, er erklärt es mir.

„Das Mädchen geht jetzt auf die Erde. Dort wird sie singen. Durch ihre Lieder werden die Menschen von meiner Liebe für sie erfahren."

Ah, also das ist die Ursache der Aufregung. Ich stammele,

„Oh, das ist ein großer Grund zur Freude."

„Es ist wundervoll. Ja, das ist es. Weißt du Dora, als DU ja sagtest, die Sterne zu den Menschen zu bringen, war hier genau das Gleiche los."

Über diese Information bin ich sehr erstaunt und schaue wahrscheinlich auch so aus. Ist das so?

„Der Himmel nimmt immer Anteil, wenn auf der Erde

ein Stück von ihm ankommt."

„Aber jetzt habe ich keine Sterne mehr."

„Dora, weißt du, warum du hier bist?"

„Nicht so genau."

Er ist jetzt sehr ernst. Niemand von den Anwesenden sagt ein Wort, sie alle beobachten unser Gespräch. Mir scheint, sie halten vor Spannung den Atem an. Ich tu es bestimmt. In dem Moment, als Jesus seine Hand auf meinen Kopf legt, fällt mir die Narbe in seiner Handfläche auf. Sie ist langgezogen, aus ausgerissenem Fleisch entstanden. Dann liegt sie auf mir und ich spüre Wellen der Kraft und Liebe in mich fließen. Wenn dies noch zu steigern ist, dann durch seine Worte.

„Dora, im Himmel herrscht Freude über jeden Stern, den du ausgeteilt hast. Aber das hat keinen Einfluss auf meine Liebe zu dir. Ich liebe dich um deinetwillen. Es hat nichts mit erfüllten Aufträgen zu tun. Ich liebe dich von Anbeginn."

Er liebt mich. Es hat nichts mit den Sternen zu tun. Er liebt mich um meiner selbst willen. Das hat er gesagt. Ich kann nicht in Worte fassen, was das mit mir macht, aber eines weiß ich: Ich will nie wieder von ihm weg sein.

Röschen

Es gibt Tage, die will man kein zweites Mal erleben. Dazu gehört dieser. Röschen ist heilfroh, der Fuchtel ihrer dominanten Freundin entkommen zu sein. Oh Gott, Rachel kann einfach grauenhaft sein, denkt sie. Mit dringlich klagendem Geschrei wird sie von ihren hungrigen Katzen empfangen. Dank einer inneren Uhr wissen die zuverlässig, dass ihre Fütterungszeit um einiges überschritten ist.

„Ist ja gut, ist ja gut, gleich bin ich bei Euch."

Katzen sind, ihrem Ruf widersprechend, höchst gefräßige Tiere, findet Röschen. Sie wird sich jetzt nicht entscheiden, ob das eine gute oder eine schlechte Eigenschaft ist. Auf jeden Fall kann sie sich sehr nachteilig auswirken, denn auch Katzen können fett werden. Röschen erinnert sich an Lora, die Katze ihrer Tante. Ein Tier, das seinen dicken Bauch gerade noch über den Boden schleifen konnte, so kugelrund war er. Die Katze sah aus, als hätte sie einen Ball gefressen. Na ja, für die Vögel ihrer Umgebung war das eine Freude, schmunzelt Röschen.

Das Gewicht ihrer Katzen wird nicht so entgleisen, da ist sie sich sicher. Das wird sie nicht zulassen. Röschens Stimmung hebt sich bei dem freudig-sehnsüchtigen Empfang von Minze und Co. Sie ist froh, dass sie da sind. Schwungvoll schleudert sie die Einkaufstüte, das Resultat der Shopping-Tour, zu der Rachel sie genötigt hat, auf den Tisch. Ihre unförmige Tasche landet ebenfalls in einer Ecke. Endlich hat sie ihre Hände frei, schnappt sich Minze und krault sie liebevoll hinter den Ohren.

„Ich bin sehr froh, dass du bei mir wohnst. Zieh niemals um, verspreche es mir. Heute habe ich keine Leckereien dabei. Leider, leider gibt es nur ganz normales Futter. Ja, ja, das gefällt dir nicht, ich weiß das."

Röschen füllt die Futterschüssel der ungeduldigen Tiere auf, die sich trotz „Trockenfutter" gierig darauf stürzen. Sich selbst bereitet sie einen Tee zu und wandert mit der Tasse in der Hand in ihr Schlafzimmer. Die Einkaufstasche aus dem Bekleidungsgeschäft, in das Rachel sie geschleppt hatte, nimmt sie auch mit. Verächtlich gibt sie ihr einen Tritt.

„Als ob ich das hier gebraucht hätte. Wenn diese Rachel wüsste, was in meinem Kleiderschrank hängt, würde sie vor Neid erblassen."

Das entspricht der Wahrheit und ist nicht übertrieben. Rachel wäre in der Tat äußerst erstaunt über dessen Inhalt. Röschen schiebt die dichtgedrängten Kleiderbügel hin und her, allesamt sind sie mit gepflegten, teuren Kleidungsstücken aus hochpreisigen Materialien gefertigt, behangen.

„Das meiste davon hat meine Mutter bezahlt," murmelt sie, „Sie kann meinen Kleidungsstil nicht ertragen. Sie sagt, ihr wird schlecht davon und es ist ein Unding, dass sich ihre Tochter in so unmodisch schäbiger Bekleidung präsentiert."

Doch auch wenn ihre Mutter großzügig Röschens Garderobe bereichert, fühlt diese sich aus bekannten Gründen in unförmiger Kleidung, gerne auch auf Flohmärkten ergattert, am wohlsten. Das Überangebot in ihrem Kleiderschrank ist ihr Geheimnis und sie ist nicht gewillt, es zu offenbaren. Schon mal gar nicht Rachel. Die einzige Person, die jemals einen Blick hineinwerfen durfte, war Mara. Die akzeptiert sie, wie sie ist und will nicht andauernd etwas an ihr verändern.

Eine ihrer Katzen streicht in der Hoffnung auf besseres Futter um ihre Beine. Die Aussichten darauf sind schlecht, stattdessen wird sie gefragt.

„Sag mir bitte, warum ich mich für ein Date, zu dem ich mitgehen muss und das mich nicht interessiert, stylen soll. Ich will mich nicht anpassen. Reicht es nicht, dass der ganze Rest von mir schon brav funktioniert? Ich habe keine Lust, Erwartungen zu erfüllen. Weder Rachels noch die von anderen Leuten. Warum auch? Es ist so anstrengend sich zu verbiegen."

Röschen schiebt noch ein paar Kleiderbügel mehr zur Seite. Bei einem blauen Kleid hält sie an und zieht es aus dem Schrank. Es hält ihren prüfenden Blicken jedoch nicht stand und wird wieder zurück verfrachtet. Stattdessen kommt ein geblümter Seidenrock in die engere Auswahl. Sie hält ihn eng an ihren Körper, kokettiert ein wenig mit ihrem Spiegelbild und bringt den Stoff zum Schwingen.

„Der ist hübsch. Wenn es schon sein muss, dann nehme ich den hier. Auf keinen Fall wird sie das Kleid, besser gesagt, den billigen Fetzen tragen, den Rachel ihr aufgeschwatzt hat. Soweit kommt`s noch, denkt sie sich, probiert gleich probeweise den schönen Rock aus ihrem eigenen Bestand an und kombiniert ihn mit verschiedenen Oberteilen.

Aus dem Spiegel schaut ein sehr hübsches,

221

wohlgeformtes Mädchen heraus. Röschen lächelt sich schüchtern an.

„Ich schau ganz gut aus, das weiß nur niemand."

Während sie sich weiter in ihren Anblick vertieft, festigt sich ein wagemutiger Gedanke in ihr. Vielleicht ist es nicht so schlimm, wenn Harry sie einmal so sieht. Also hübsch, wie sie eigentlich ist, sieht.

„Ich kenne ihn noch nicht sehr lange und doch hat er mir schon einiges aus seinem Leben erzählt," staunt sie.

„Das ging schnell ... übrigens hat er mir viel mehr anvertraut als ich ihm. Viel mehr."

Unter Anderem weiß sie jetzt, dass er ganz dringend nach einem Stern sucht, und keine Ahnung hat, wie er ihn finden kann. Auf genau diese Information hätte sie lieber verzichtet. Solche Sachen sollte jeder für sich selbst behalten, davon ist sie überzeugt und windet sich unbehaglich bei dem Gedanken daran. Ansonsten mag sie seine Offenheit und die Gespräche mit ihm. Eine neue Welt, eine Welt der Begegnung, öffnet sich dadurch für sie. Es geht so erstaunlich leicht mit ihm und in der unbekannten, aber faszinierend angenehmen Nähe, die dabei entsteht, fühlt sie sich wohl.

„Das habe ich noch nie vorher erlebt," flüstert sie und denkt, dass es schön wäre, wenn sie es jeden Tag hätte.

Er kommt oft ins Tierheim, immer mit einem tierischen Notfall im Gepäck. Aber seit dem unrühmlichen Ausgang ihres gemeinsamen Ausflugs hat sie ihn nicht mehr gesehen. „Wie konnte ich nur so ungeschickt ausrutschen. Ich habe mich so geschämt," erklärt sie der jungen Frau im Spiegel. „Er ist die letzten Tage nicht mehr aufgetaucht. Was ist los, gibt es keine gestrandeten Tiere mehr oder hat er das Interesse an mir verloren? Oh Gott, es war bestimmt ein Fehler, dass ich auf und davon bin. Ich habe mich nicht einmal mehr umgedreht."

Röschen findet, dass er ein sehr attraktiver, sympathischer Mann ist. Ihr gefallen seine braunen Wuschelhaare und seine blauen Augen. Den saloppen Kleidungsstil mag sie auch. Trotzdem er Leichtigkeit und Energie versprüht, spürt sie aber eine verdeckte Schwere in ihm. Das fällt nicht jedem auf, denn er kaschiert das mit Hilfe seines freundlichen Wesens. Mit verborgenen Nöten kennt sie sich gut aus. So fühlt sie sich ihm nicht fremd, was einem Wunder gleichkommt, denn sie fühlt sich immer fremd und unpassend.

„Nicht wahr Harry, du kommst wieder?"

Ob er sie wohl mag, fragt sich Röschen und kommt von diesem gleichermaßen beunruhigenden, wie bezaubernden Gedanken nicht mehr los. Immerhin kommt er auch in die Katzenabteilung, wenn er ein halbverhungertes Eichhörnchen abzugeben hat. Das gibt Mut zur Hoffnung. Oder? Sie freut sich über seine Besuche.

„Ich könnte schon ein kleines bisschen schönere Sachen anziehen," überlegt sie, „das könnte ich. Aber gefalle ich ihm wie ich bin? Doch ja, ich denke schon … offensichtlich besucht er mich, auch wenn ich mich mit einem Sack bekleide."

Röschen ist zwischen der Gewohnheit sich zu verbergen und dem Wunsch, ihm zu gefallen hin und hergerissen. Im Prinzip vertritt sie die Überzeugung, dass es niemand verdient hat, sie wirklich zu sehen. Sie hat nicht ausgereicht, um den Eltern zu gefallen. Das wurde als ihre Schuld ausgelegt … nun gut, als Konsequenz daraus wird sie sich nicht mehr zeigen. Mit dieser Strategie ist sie zumindest bis jetzt prima durch das Leben gekommen. Nun jedoch spürt sie die bewährten Strukturen wackeln, denn sie verlieren an innerer Akzeptanz. Röschen empfindet sie zum ersten Mal als

Begrenzung. In ihr entsteht eine Sehnsucht, diese zu durchbrechen. Gesehen zu werden, von ihm gesehen zu werden, würde sie gerade ganz ungeheuerlich attraktiv finden.

Noch einmal gleitet ihr Blick prüfend über ihr Spiegelbild. Dann breitet sich ein spitzbübisches Lächeln auf ihrem Gesicht aus.

„Ich weiß, was ich tun werde. Rachel, du wirst aus allen Wolken fallen und vor Neid erstarren. Ich freu mich jetzt schon auf dein ungläubiges Gesicht. Ich verpasse dir eine Lektion, die gut für dich ist. Für mich auch … hihi … ich werde viel Spaß haben."

Röschen legt den Rock wieder in den Schrank zurück, erinnert sich an ihren Tee und setzt sich auf ihre Terrasse. Terrassen müssen ein zusätzliches Wohnzimmer im Sommer sein, ist ihre Devise. Deshalb steht dort auch ein gepolsterter, mit weichen Kissen ausgestatteter Sessel, der zum Verweilen einlädt. Je nach Lust und Laune, sitzt sie dort mehrere Stunden und schaut einfach so in den Himmel. Rachel würde sicher fragen, ob ich tot bin, überlegt sie sich. Mara würde sagen, lass sie ihn Ruhe. Ich verbringe meinen Feierabend vorzugsweise auf diese Art. Ich will mir gar nicht vorstellen, das einmal vermissen zu müssen. Wie sonst könnten meine Gedanken so leicht werden, dass sie zu den Sternen fliegen? Ich liebe das, denn es gibt mir das Gefühl, frei zu sein.

Mit geschlossenen Augen drückt Röschen ihren Rücken in das weiche Polster und nippt an ihrem Tee. Wie der duftet. Es ist einfach wunderbar hier zu sitzen. So verharrt sie eine Weile, bis sie sich mit einem Ruck aufsetzt. Alle Entspannung ist in einem Moment dahin, denn ihr ist ihre Tasche eingefallen. Die steht immer noch auf dem Küchentisch. Blitzschnell springt sie auf, eilt in die Küche und holt sie. Wieder zurück auf der Terrasse, stellt sie sie

auf dem Boden ab. Dann setzt sie sich wieder, starrt sie an und kann den Blick nicht mehr abwenden. Sie wundert sich, wie sie in deren Besitz gekommen ist.

„Es ging so schnell," flüstert sie, „Schwupps, ein Griff und sie war mein."

Nun jagt ein unentspannter Gedanke nach dem anderen durch ihren Kopf. Ein gemütlicher Abend scheint das heute nicht mehr zu werden. Die Ereignisse dieses Tages holen sie wieder ein und Mara kommt ihr in den Sinn. Mara! Aufgebracht fängt Röschen eine Diskussion mit sich selbst an.

„Wie kann es sein, dass sich meine warmherzige, pragmatische Mara einen Stern wünscht. Sie packt doch, seit ich sie kenne, ihre Herausforderungen einfach an. Warum ist sie denn plötzlich so bedürftig? Warum verrennt sie sich bloß in die Idee, dass sie einen Stern braucht. Nein, um alles in der Welt, nein. Sie braucht das nicht. Sie schafft ihr Leben doch allein."

Fassungslos über die Wende in Maras Wesen schüttelt Röschen ihren Kopf. Es darf nicht sein, dass ausgerechnet sie, die Freundin, auch auf überirdische Hilfe hofft. Botschaften aus dem Himmel werden die Sterne genannt, hat sie gesagt. Es scheint, die ganze Welt schreit plötzlich danach. Sollen sie schreien, das ist Röschen gelinde gesagt, gleichgültig. Nur dass ihre einzige Freundin sich in diesen Chor einreiht, ist ihr nicht egal.

„Warum bleibst du nicht so, wie ich dich kenne. Warum willst du das? Du bringst mich in Schwierigkeiten," stammelt sie hilflos.

Röschen mag Veränderungen sowieso nicht, aber diese hier löst Bedauern bei ihr aus, weiß sie doch sehr sicher, dass Maras Wunsch nicht in Erfüllung gehen wird. Von innerer Ruhe kann keine Rede mehr sein.

„Mara, liebe Mara, es tut mir so leid, dass du deine

Hoffnung auf solche Quellen richtest. Das solltest du nicht tun."

Dieser Abend läuft nicht gut, grübelt Röschen. Noch einmal versucht sie sich zu entspannen, lehnt sich tief in das weiche Kissen zurück und atmet langsam aus. Suchend gleitet ihr Blick in die Weite des abendlichen Himmels. Noch sind keine Sterne zu sehen. Heute wollen ihre Gedanken nicht fliegen, nein, denn an diesem Tag sind sie schwer und klebrig. Es will nicht gelingen, sie abzuschütteln.

So sitzt Röschen in ihrem bequemen Möbel und fängt zu guter Letzt an, über Harry nachzudenken. Zu Beginn dieser verunglückten Froschrettungsaktion hatte er sie gefragt, ob sie ihn auf der Suche nach streunenden Hunden begleiten will.

„Ach sicher, ich würde gerne mitgehen," murmelt sie. „Das wäre schön. Nur, du hast sich nicht mehr blicken lassen. Ach Harry. Wo bist du? Schon ohne mich unterwegs heute Abend?"

Langsam beginnen die Konturen der Bäume zu verschwimmen, vermischen sich mit der zunehmenden Nacht. Röschen saugt die Stimmung dieser Zwischenwelt auf, die spürbar ist, wenn Tag und Nacht sich ablösen.

Dort, wo weder für die Geschäftigkeit und Hetze des Tages noch für die Angst und Schwere der Nacht Platz ist, breitet sich Ruhe und Frieden aus. Dort kann sie gewöhnlich all ihre Gedanken hinlegen und einfach da sein. Schön wäre es, wenn es auch heute gelingen würde, tut es aber nicht. Leider. Die Tasche ist auch nicht mehr zu erkennen. Sie bückt sich und hebt sie hoch auf ihren Schoß. Behutsam öffnet sie deren Verschluss, eine altmodische Schnappschlossvorrichtung. Sie will noch einmal nachsehen, ob der Inhalt immer noch genauso ausschaut, wie an dem Tag, als sie sie ergattert hatte. Irritiert über die dumpf-matten Teile ohne den geringsten Glanz, die zum Vorschein kommen, verschließt sie die Tasche schnell wieder und stellt sie weg.

Dass Harry seine Einladung zum nächsten Abenteuer noch nicht konkret gemacht hat, macht sie traurig. Gleichzeitig ahnt sie, dass ihn andere Dinge beschäftigen, auch wenn er ihr nicht verraten hat, um was es sich handelt. Nur angedeutet hat er es. Es muss ein großes Problem sein, denkt sich Röschen, denn zu seiner Lösung will er unbedingt einen Stern haben. Wiederholt hat er das erwähnt. Röschen stöhnt auf und lässt sich in die Sessellehne fallen.

„Gibt es denn überhaupt niemanden mehr, der nicht von diesen Dingern redet? Selbstverständlich habe ich angenommen, dass außer Charlie und mir niemand so verschrobene Sendungen wie „Die Stunde der bizarren Neuigkeiten" hört. Warum in aller Welt wissen dann die meisten Menschen, mit denen ich in letzter Zeit zu tun hatte, darüber Bescheid? Und ja, nicht nur das. Ganz offensichtlich wollen sie auch noch einen haben."

Sehr, sehr betrüblich, dass das bei Harry auch der Fall ist, findet sie. Meine Güte, „es ist dringend, ganz dringend", ja, das waren seine Worte gewesen. Was soll ich sagen, denkt sie ratlos. Ihr wird immer klarer, dass die Sterne keine Privatsache sind. Die wichtigsten Menschen in ihrem Leben haben dringenden Bedarf angemeldet. Röschen schluckt, wie gesagt, für Mara und Harry tut es ihr leid, für den Rest der Welt bleibt sie unberührt. Tatsache ist, dass niemand einen bekommen wird. Tatsache ist, dass ein egoistischer, nur an sich selbst denkender Mensch, sämtliche Botschaften des Himmels ganz für sich allein genommen hat.

Blöd gelaufen, denkt sie, wirklich, wirklich sehr, sehr blöd gelaufen.

Gut Ding will Weile, schön wenn es nicht endlos geht

Charlie öffnet ihr Lokal um 15.00. Normalerweise kommt sie früher, dann bleibt ihr genügende Zeit, den Cafébetrieb in Ruhe vorzubereiten. So kann sie sogar ein wenig trödeln. Umfangreiche Küchenarbeiten stehen eher selten an, denn getreu ihrer Speisekarte gibt es das, was es immer gibt. Kakaovorrat lagert in ausreichender Menge in der Küche, frisches Brot wird täglich geliefert. Einzig die Holunderblütenmarmelade neigt sich dem Ende zu. Wenn heute ein paar Gäste „Charlie Spezial" bestellen, wird sie gerade noch bis zum Abend ausreichen, überlegt Charlie. Das ist gut so, weil sie dann ein neues leckeres Marmeladenrezept ausprobieren kann. Alles hat seine Zeit, sogar Holunderblütenmarmelade.

Ihr neuer Stern hängt über der Theke. So ist er immer präsent, dieses Mal soll er nicht in einer Schublade verschwinden und vergessen werden. Sie dreht am Sender-Suchknopf ihres antiken Radios und sucht groovige Musik. Mit ihrem kleinen, aber feinen Lokal ist sie wieder zufrieden. Dort verbringt sie viele erfüllende

231

Stunden. Langweilig wird es nicht, denn sie probiert neue Rezepte aus, singt, wenn sie allein ist, aus Leibeskräften und hat genug mit der Bewirtung ihrer Gäste zu tun. Weil sie ihren Job mit Leib und Seele macht, kann sie gar nicht anders, als deren Anliegen hautnah zu verfolgen. Auch wenn keiner so genau weiß, warum, finden die Gäste das in Ordnung. Vielleicht, weil Charlie bei allem Interesse niemals das Gefühl vermittelt, unangenehm neugierig zu sein und vielleicht auch, weil sie so ein großes Herz hat.

Mittlerweile ertönt ein melancholischer Blues. Charlie mag Blues Feeling. Sie ist sich sicher, wäre sie nicht Café-Betreiberin geworden, würde sie mit einer Band durch die Lande tingeln. Außer Marmeladenrezepte auszuprobieren und Stoff für zukünftige Geschichten zu sammeln, singt sie auch leidenschaftlich gern. Es stört niemanden, wenn sie die richtigen Töne nicht immer trifft. Sie selbst findet das auch nicht schlimm. Ungezwungen trällert sie gerade:

„Bye, my Baby, goodbye my Love," ... Wie gut, dass Charlie dieses Café hat.

Schwungvoll betritt Harry heute als erster Gast ihre Räumlichkeiten. Ungewöhnlich zeitig, stellt Charlie fest. Sie ist beschwingt von ihrem Gesang und gut aufgelegt.

„Hallo Harry. Hui, geschniegelt und gestriegelt, mitten am Nachmittag? Du bist so schick heute."

Beim Friseur war er auch! Ein bisschen zu kurz ist der Haarschnitt geraten, denkt sie. Persönlich bevorzugt sie, wenn Männer wilde Mähnen tragen, und ginge es nach ihr, sollte sich kein Mann eine Kurzhaarfrisur schneiden lassen. Aber ja, es steht ihm gut. Charlie bemerkt seine Nervosität.

„Alles klar? Gehst du zu einem Vorstellungsgespräch?"

„So etwas in der Art. Haha, Vorstellungsgespräch könnte man es auch nennen."

Heute wird sein Date hier sein. Sein Blind Date. Dieses komische Treffen, wo er nur die Vermittlerin kennt, nicht aber die Frau, die er zu treffen beabsichtigt. Nicht einmal eine Fotografie von ihr hat er gesehen. Das sind Methoden aus dem letzten Jahrhundert, als Heiratsvermittler noch Ehen und Hochzeiten organisierten. Harry würde sich darüber amüsieren, wenn er nicht selbst in die Sache verwickelt wäre. Auch wenn es ihm nicht ernst ist mit diesem Date, auch wenn er nicht die Absicht hat, damit seine Partnerin finden, ist er aufgeregt. Gerade im Moment findet er es gänzlich daneben, dass er dem Drängen seiner Schwester nachgegeben hat. Ein einziges Mal wird es stattfinden, nur damit sie zufrieden ist, denkt er und hofft, sich damit endgültig Ruhe vor ihren „Empfehlungen" zu verschaffen.

„Wie blöde, jetzt bin ich auch noch viel zu früh vor Ort," schimpft er sich. Im Übrigen wäre seine Wahl nicht auf diesen hier gefallen, sein „Blind Date" wollte es so. Sehr viel lieber hätte er die Sache zuverlässig geheim gehalten, schließlich verkehren hier auch Freunde und Bekannte, die er nicht mit Neuigkeiten dieser Art informieren will. Seine eigene Schwester kommt hier gelegentlich zum Kartenspielen her, das weiß er. Getroffen hat er sie zwar noch nicht im Café und ihre Freundinnen sind ihm auch nicht bekannt, trotzdem will er nicht ihr Gesprächsthema werden. Harry prüft die Uhrzeit. Es nervt ihn, dass er noch warten muss, dann verfällt er in weitere Grübeleien. Hoffentlich will es kein unberechenbarer Zufall, dass diese Sache hier zu Röschen getragen wird. Man kann nie wissen. Das käme ihm ungelegen und wäre ihm nicht recht. Keinesfalls. Die Freundschaft mit ihr ist in den zarten Anfängen und hat noch kaum begonnen. Er hofft zumindest, dass sie ihm

234

noch eine Chance gibt. Da ist er sich nicht so sicher, denn es ist ihm seit dem letzten Abenteuer nicht gelungen, sie zu sehen. Harry kann sich vorstellen, dass Röschens Interesse an einer Beziehung mit ihm gleich Null sein wird, wenn sie von dem Date erfährt, und das will er vermeiden.

„Charlie, du genießt den Ruf, verschwiegen zu sein, ja?"

„Verschwiegen? Wie darf ich das verstehen?"

„Na ja, ich habe dich noch nie tratschen gehört."

„Obwohl ich alles mitbekomme, was hier passiert?"

„Ja, genau"

„Was wird hier denn passieren? Was soll ich nicht weitertratschen?"

Nach kurzem Zögern, weil das Gespräch ihm unangenehm ist, sie aber sowieso dabei sein wird, weiht er sie ein.

„Ich bin mit einer Frau verabredet. Hier, in deinem Café. Jetzt gleich. In 15 Minuten geht's los. Ich möchte nicht, dass auch nur eine einzige Person, die zu meinem Bekanntenkreis zählt und bei dir verkehrt, etwas davon erfährt."

Charlie schnaubt empört

„Das versteht sich ja wohl von selbst."

„Genau."

„Ist sie hübsch?

„Weiß ich nicht, ich habe keine Ahnung."

„Nein?"

„Nein, die Vermittlerin ist hübsch."

„Fotos stimmen sowieso selten. Meistens sind sie zehn Jahre früher entstanden. In der Realität stehen dann Leute vor dir, die früher einmal so ausgesehen haben. Lass dich überraschen. Das ist sehr aufregend, Harry."

Geltende Schönheitsideale haben ihn noch nie überzeugt. Die Frau seiner Wahl wird für ihn schön sein, weil er sie lieben wird. Das reicht vollkommen aus, davon ist er zutiefst überzeugt.

Charlie widmet sich wieder ihrer Arbeit. Die fünfzehn Minuten, die er noch warten muss, werden verdammt lange. So lange übrigens, dass er Zeit hat, sich nach seinem Geisteszustand zu fragen. Wie konnte er sich in so eine irrsinnige Situation manövrieren, nur um seiner Schwester einen Gefallen zu tun? Ich hätte sehr viel klarer sein sollen, denkt er. Ich hätte ihr sagen sollen, dass ich sie nicht brauche, um eine Frau zu finden, keine Lust auf Treffen mit unbekannten Mädchen habe.

Harry überlegt sich, ob er noch schnell durch die Hintertüre verschwinden kann, bleibt aber doch, weil er nicht unzuverlässig sein will. Wenn ich diesen Mist hinter mich gebracht habe, werde ich mich um das Mädchen kümmern, das mich wirklich interessiert, beschließt er. Außerdem werde ich aufhören, tatenlos dazusitzen und nach einem Stern zu jammern. Es muss einen Weg geben, ihn zu finden. Ich werde einen bekommen.

Wo kam diese Frau her? Walter sagt, er weiß es nicht, aber sie hatte eine ganze Tasche voller Sterne dabei. Sie taucht auf und verschwindet wieder. Über das Woher und Wohin weiß niemand Bescheid. Sie sagte, die Sterne seien Botschaften aus dem Himmel und bewirken Gutes. Botschaften von wem? Wer gibt sie? Jemand, der an Menschen interessiert ist? Jemand, der Gutes bewirken will? Gibt es tatsächlich so etwas wie einen Gott, der sich interessiert? Für mich?

Harry durchforstet sein Gehirn, ob er etwas in dieser Art schon einmal gehört hat. In seiner Erinnerung taucht nichts Nützliches auf. Weder seine Großeltern noch irgendwelche Religionslehrer hatten über wohlmeinende Kräfte dieser Art erzählt. Trotzdem, das heißt nicht, dass es nicht sein kann, überlegt er. Er hat Walter gesehen.

Seine Veränderung über Nacht ist offensichtlich. An der Geschichte muss etwas Wahres dran sein. Ich werde noch einmal genauer fragen, beschließt er.

„Wo ist Walter, Charlie? Kommt er heute nicht?"

„Doch, heute wollte er schon kommen. Gestern war er nicht hier."

„Ach, ich dachte, man trifft ihn täglich in deinem Lokal."

„Ja, das stimmt. Aber gestern hatte er mit familiären Angelegenheiten zu tun."

„Das ist interessant, erzähle mal Charlie."

„Nein, ich tratsche doch nicht."

„Gut, also dann nicht."

„Irgendetwas mit seiner Tochter. Frag ihn selbst."

Eine interessante Information. In Walters Beziehung mit seiner Tochter scheint sich etwas zu bewegen. Er wird ihn auf jeden Fall danach fragen. Sein Blick fällt auf Charlies Stern, der über der Theke hängt und wundert sich, dass er ihn vorher noch nie wahrgenommen hat. Fasziniert kommt einen Schritt näher und betrachtet ihn eingehend.

„Charlie, was ist das für ein Stern?"

„Das ist ein Geschenk"

„Von Wem?"

„Von Dora."

„Dora?"

„Ja"

„Wer ist Dora?"

„Wer sie ist, weiß ich nicht. Aber sie hat ihn mir geschenkt."

„Charlie, dein Stern gleicht nicht den Dekorationsstücken, die ich kenne. Er ist anders. Ist es, ist es so ein Stern?"

„Ja"

„Ja? Wirklich? Ich fasse es nicht. Du bist die zweite Person, die ich kenne, die sich im Besitz einer solchen Kostbarkeit befindet. Warum hast du ihn bekommen? Das hat Walter mir nicht erzählt. Er scheint so Manches nicht zu erzählen. Wie kam es dazu, Charlie, weißt du, dass ich fast nur noch über dieses Thema nachdenke. Ich kann nicht anders, in meinem Kopf hat nichts mehr sonst Platz. Das ist nicht gut, Charlie, wirklich nicht, weil es durchaus auch andere wichtige Dinge gibt, mit denen ich mich beschäftigen sollte."

Verzweifelt fährt sich Harry durch sein ein bisschen zu kurz geschnittenes Haar. Er kann seinen Blick nicht von dem mattschimmernden Stern abwenden, der so selbstverständlich an Charlies Theke baumelt.

„Darf ich ihn anfassen?"

„Hm, ja OK, ich denke, das ist in Ordnung."

Fasziniert berührt er mit den Fingerspitzen das Objekt seiner Sehnsucht. Das Material fühlt sich kühl an. Ob es Metall ist? Vielleicht gibt es im Himmel Metall, das wir hier auf der Erde nicht kennen, überlegt er.

„Charlie, du musst, du musst mir erzählen, wie du dazu gekommen bist."

„OK, irgendwann."

„Charlie, ich will auch so einen Stern."

„Dann wirst du wohl auch einen bekommen."

„Meinst du?"

„Sicher. Jeder bekommt einen, der sich danach ausstreckt."

„Woher willst du das wissen?"

„Na, ich weiß es eben."

„Ah, du bist also eine verlässliche Informantin? Mein Wunsch danach ist sehr groß."

„Na dann."

„Charlie, meine Nerven liegen blank."

„Beruhige dich. Der die Sterne schickt, will auch, dass

du einen bekommst"

„Ist das so?"

„Ja."

„Dein Wort in Gottes Ohr."

„Genau."

„Darf ich ihn noch einmal anfassen?"

„Gut, weil du es bist."

Gerade als Harry seine Hände ausstreckt, hört er Stimmen vor dem Lokal. Jetzt habe ich jede Chance, noch rechtzeitig zu verschwinden, vertan, ich Trottel, denkt er sich. Innerlich geht er in Formation und schaut gespannt auf die Türe. Auch Charlie legt ihr Poliertuch zur Seite, weiß sie doch, dass ein interessanter Nachmittag bevorsteht.

Bei ihm wird immer alles gut

Da stehen wir also, meine Wandergruppe und ich, mitten in dem Hof, der zu dem herrschaftlichen Haus gehört. Zusammen mit der großen Menge an Menschen, die sonst noch da ist, scharen wir uns um den EINEN, um den Hausherrn, den wir Jesus nennen. Wenn mir einmal jemand erzählt hätte, dass ich so etwas erlebe, dass ich an unirdischen Orten direkt in seiner Nähe verweile … das hätte ich mir nicht vorstellen können. Ich hätte mich auch nicht für so wichtig gehalten, dorthin eingeladen zu werden. Ach, wie wunderbar, dass er das anders gesehen hat. Die Wahrheit ist: Ich bin ihm wichtig, so wichtig, dass er mich zu sich geholt hat.

Die verlorenen Sterne, mein Auftrag und meine Ansprüche an mich selbst, sind so weit in den Hintergrund gerückt, sie haben für mich alle Bedeutung verloren. Das ganze Desaster liegt in weiter Ferne, es könnte in einem anderen Zeitalter geschehen sein und berührt mich nicht mehr. Ich fühle mich frei, so frei, wie ich das noch nie zuvor in meinem Leben getan habe.

Hätte ich Flügel, würde ich sie ausbreiten und mich wie ein Adler empor in die Lüfte schwingen, weit oben Kreise ziehen und in die Weite fliegen. Ich bin glücklich und sehr dankbar.

Jesus steht mir gegenüber, ich stehe ganz still und genieße seine Aufmerksamkeit. Er weiß, wie froh ich nun bin. Ach, er vermag es, so tief in meine Seele zu schauen. So verweilen wir. Dann legt er seine Hand auf meine Schulter und fragt mich, ob er mir etwas zeigen darf. Ich willige freudig ein und zusammen überqueren wir den Platz, an dessen anderer Seite ein Teleskop steht. Es ist riesig. Jesus streckt seinen Arm aus, ergreift das Teleskoprohr und positioniert es für mich, dann fordert er mich auf, durchzuschauen.

Mit solchen Geräten kenne ich mich nicht aus, aber natürlich weiß ich, dass man damit in sehr weite Entfernung blicken kann. Doch dieses hier muss ein besonderes Exemplar sein, denn die Bilder, die ich sehe, sind nicht durch die Siegelung verkleinert. Ich sehe alles in Echtgröße und habe das Gefühl, mittendrin im Geschehen zu sein.

Der Ort, den ich nun erkennen kann, ist mir nur allzu gut bekannt. Es ist noch nicht lange her, als ich dort war.

Ich befinde mich in Charlies Café. In ihrem hübschen Marmeladenbrot Café. Heute hat sie die „Bude" voll und eilt geschäftig zwischen ihren Gästen hin und her. An einem der vollbesetzten Tische sitzen drei Frauen.

Mein Begleiter lässt mir Zeit. Ich soll alles ganz genau betrachten. Schließlich fragt er:

„Siehst du sie?"

Ich nicke, ja ich sehe sie. Eine aufgeregt diskutierende Runde ist das. Eine der attraktiven jungen Damen legt sich gerade mächtig ins Zeug. Sie will die beiden anderen von etwas überzeugen und damit hat sie wohl ordentlich zu tun. Nun lachen sie, das hört sich fröhlich an und ich kann mir ein Schmunzeln nicht verkneifen.

Und doch, der Schein trügt. Bei genauerer Betrachtung und mithilfe dieses besonderen Fernrohres kann ich tiefer sehen und erkenne, dass keine von diesen Dreien besonders glücklich ist. Jesus dreht an einer Stellschraube, um die Sicht noch mehr zu schärfen. Er fordert mich auf, noch aufmerksamer hinzusehen.

„Schau genau hin. Du sollst es sehen."

Was soll ich sehen? Gut, gehorsam schaue ich noch genauer hin. Ja, nun sehe ich sie, die verborgenen Tränen, die unsichtbar geweint werden. Mein Fokus liegt auf der abenteuerlich gekleideten Person, die am wenigsten sagt. Ihr Lächeln, mit dem sie ihren Beitrag zur allgemeinen Heiterkeit leistet, wirkt auf mich inzwischen gequält. Sie ist tapfer, denke ich, und bin mir nicht sicher, ob sie sich ihrer Traurigkeit bewusst ist.

„Sie ist entsetzlich traurig, Herr."

„Ja, das ist sie. Schon lange Zeit."

„Es tut mir weh, das zu sehen, Jesus."

„Dora, mir auch. Mir auch."

Mitgefühl für sie steigt in mir hoch und mir wird bewusst, wie krass glücklich ich im Gegensatz zu ihr bin. Unverdient ist das in meinem Leben geschehen und einzig und allein, weil er mich liebt. Diese Liebe ist gewaltig groß und ich bin mir sicher, absolut sicher, dass sie für Alle und auch für diese junge Frau ausreicht. Hier muss etwas geschehen.

„Aber das kann doch nicht so bleiben. Wir müssen etwas dagegen tun."

„Dora, du hast vollkommen recht. Hast du einen Vorschlag?"

„Sie sollte hier, an diesem Ort sein, dich kennen lernen, dann würde sie wissen, dass sie geliebt ist."

„Ja Dora, du sprichst mir aus dem Herzen. Doch das

wird nur dann möglich sein, wenn sie es selbst will."

Nur wenn sie es will, hat er gesagt. Das stimmt. Niemand wird zur Gemeinschaft mit ihm gezwungen. Welch absurde Vorstellung das ist, denn Liebe ist freiwillig und es ist ein Privileg, hier zu sein. Ich bin mir sicher, sie würde gerne kommen, wenn sie von diesem Ort wüsste. Zumindest hätte sie dann die Wahl, sich dafür oder dagegen zu entscheiden.

„Dann braucht sie eine Botschaft, Jesus."

Jesus schaut mich an, mir fallen meine Sterne wieder ein, denn das waren doch Botschaften. Von ihm gegeben. Aber ich habe keine Sterne mehr. Sie sind mir doch gestohlen worden. Ich weiß nicht, warum sein Blick so einen auffordernden Charakter bekommt. Gerade noch eben war die Welt auch ohne Sterne bestens in Ordnung und nun? Nein, es gibt keine Anklage, weder von ihm und erstaunlicherweise auch nicht von mir selbst. Wow, was ich fühle ist Freiheit. Freiheit, gepaart mit Mitgefühl. Vor meinem inneren Auge taucht das Bild eines kleinen Bootes auf, in dem ich sitze. Es wurde nicht aus Holz oder Metall gebaut, nein sein Material ist die Bereitschaft meines Herzens, mich zur Verfügung zu stellen. Es trägt mich über eine gekräuselte Wasseroberfläche. Ich ahne,

246

dass sich von leichtem Wellengang bis hin zum schweren Sturm, alles entwickeln kann. Aber das ist mir einerlei, weil ich jetzt weiß, dass ich niemals allein in diesem Boot sitze. Ich fürchte mich nicht. Er unterbricht meine Exkursion in die Bilderwelt.

„Du hast noch nicht alles gesehen."

Willig nehme ich das Teleskoprohr an mein Auge. Die Umgebung hat sich geändert, denn die junge Frau befindet sich nun zuhause. Dieser einladende Sessel muss bequem sein, denke ich. Forschend betrachtet sie den nächtlichen Himmel und ich erkenne, dass sie wartet. Ich verstehe, sie hofft auf eine Botschaft … auf etwas, das Veränderung bringt. Sie will erkannt und ohne Bedingungen geliebt werden. Das, ja das, kenne ich von mir selbst und mein Herz fliegt ihr zu. Am liebsten würde ich aufspringen und ihr so schnell wie möglich ein Stück Himmel bringen. Gleich jetzt und augenblicklich will ich ihr sagen, dass es jemand gibt, der das Ziel ihrer Sehnsucht sein kann.

Jesus schaut mich eindringlich an.

„Es gibt noch mehr was ich dir zeigen will," sagt er.

Dieses Mal fahre ich erschrocken zurück, als ich durch die Linse schaue. Das Teleskop scheint auch Geräusche zu transportieren, wobei man in diesem Fall von einem sehr lauten Getöse sprechen muss. Ein junger Mann läuft seines Weges und alles schaut recht normal aus. Ist es aber nicht, denn er schreit. Er schreit was das Zeug hält. Und auch hier ist es das Gleiche, niemand kann ihn hören. Das alles findet in seinem Herzen statt. Ich wusste nicht, dass ein Herz so einen abartigen Lärm verursachen kann. Es schmerzt in meinen Ohren und ich halte sie zu. Doch Jesus ermahnt mich.

„Nein, höre nicht weg, sonst verstehst du nicht was er sagt."

Nun denn, wenn Jesus mich dazu auffordert, will ich hinhören. Die ganze Wucht seiner Not trifft mich und erschüttert mich zutiefst. Lieber hätte ich weggehört, denn sein Geschrei ist kaum auszuhalten. Es ist mühsam, aber nach und nach formen sich erkennbare Worte. Er will wissen, wo Gott ist. Es will wissen, wo Gott für IHN ist. Auch er ist einsam. Er hofft auf eine Begegnung mit ihm. Er wünscht sich das und braucht es dringend. Mit aller Kraft seiner Seele kämpft er darum. So sehr wie einst Jakob um einen Segen gerungen hat und nicht enttäuscht wurde, so sehr ringt auch er darum. Ich bin mir sicher, ja, ich bin mir sicher, auch dieser junge Mann wird bekommen, nach was er sich so leidenschaftlich ausstreckt.

„Weißt du Dora, ich brauche dich."

„Ja, aber … die Sterne … sie sind doch weg! Wie soll das denn gehen?"

„Willst du wissen, wo sie sind?"

Er weiß, wo sich die Sterne befinden. Die ganze Zeit war das kein Geheimnis für ihn? Warum hat er es mir nicht gesagt und mich zappeln lassen? Ach ja, nun ja, ich verstehe es. Niemals wäre ich in die Gewissheit so tiefer Liebe gekommen, hätte ich es selbst in der Hand gehabt, mich zu trösten. Ich bin dankbar, denn so ist es viel besser. Doch nun fragt er mich, ob ich wissen will, wo die Sterne abgeblieben sind. Was ist das für eine Frage? Ganz sicher will ich das wissen. Ich brenne darauf.

Jesus lacht, tätschelt meine Schulter und hält mir das Fernrohr hin.

Wenn ein Mensch gelernt hat, dass er für sich selbst sorgen muss, weil es sonst keiner macht, kommt leider sehr oft egoistisches Handeln dabei heraus. Nachvollziehbar, verständlich und Verderben bringend. Ich sehe die Sterne. Da sind sie allesamt. Unfassbar! Geklaut, verstaut und nutzlos. In der durstigen Hoffnung auf Hilfe entwendet, haben sie kein Glück gebracht, und zwar für niemand. Sie sind nicht da, wo sie hingehören, deswegen bewirken sie auch nicht, wozu sie gesandt wurden. Ich bin froh, dass Jesus mir die menschliche Not der Diebin im Vorfeld gezeigt hat, denn das hilft mir, nicht wütend und anklagend zu werden. Ich verstehe, dass es eine Verzweiflungstat war.

„Oh mein Gott, Jesus," flüstere ich. Doch statt einer richtigen Antwort bekomme ich wie so oft eine Frage.

„Was willst du nun tun?"

„Ich?"

„Ja, du."

Er hat gefragt was ich tun will, wie wenn das bereits beschlossene Sache wäre. Warum ich? Es hört sich so selbstverständlich an. Nun denn, ich denke an mein besonderes Boot, horche in mein Herz hinein und empfinde Bereitschaft, für ihn zu gehen. Ich schließe meine Augen, atme tief seine Nähe ein und entspanne mich. Nein, nein, so ist es nicht. Er fordert nicht, zwingt mich nicht. Ich verstehe, wie es gemeint ist, verstehe, dass es keine Aufforderung ist, der ich nicht ausweichen kann, sondern ein Angebot. Ich könnte es auch ablehnen und seine Liebe zu mir würde deswegen keinen Deut kleiner werden. Aber ich hätte mich selbst um ein Abenteuer gebracht und würde eine Erfahrung weniger machen, wie groß seine Liebe zu den Menschen ist. Ich habe Lust dazu, sogar große Lust. Ich lache auf, denn mir ist, wie ich finde, eine sehr gute Idee eingefallen.

„Ich hole sie zurück."

Er stimmt begeistert in meine Heiterkeit ein.

„Dora, ich habe gehofft, dass du das sagst. Du bist meine erste Wahl für diesen Auftrag. Niemand wird mit so einer Brillanz meine Geschenke überbringen, wie du das tust."

„Du setzt mich tatsächlich noch einmal für diesen wichtigen Dienst ein?"

„Ja, sicher, Dora. Du bist die Richtige dafür. Dir kann ich meine Schätze anvertrauen. Das weiß ich."

Er überrascht mich einfach immer wieder. Es richtet mich auf. Er vertraut mir. Ich muss keine Angst mehr haben, einen Fehler zu machen, denn das habe ich schon getan. Seine Liebe werde ich dadurch nicht verlieren.

Prickelndes Adrenalin durchzieht meine Adern, es ist großartig, diesen Tatendrang zu spüren. So schön es hier auch ist, mich zieht es wieder zu den Menschen, denen ich Botschaften bringen darf. Ja, ja, ich weiß, zuerst muss ich sie erst einmal wieder zurückerobern. Ich freue mich auf die Begegnungen, die mir bevorstehen und kann es kaum noch erwarten.

„Ich möchte jetzt gleich gehen, Jesus."

Um mich herum höre ich freundliches Gelächter und Freudenrufe. Jesus kichert auch, ganz leise und zärtlich. Er streicht mit seiner vernarbten Hand über meine Wange.

„Dora, wie sie leibt und lebt."

Ich drehe mich Richtung Ausgang und bin drauf und dran, loszumarschieren. Er hält mich aber am Arm fest und hindert mich daran, so abrupt zu gehen.

„Langsam, nicht so schnell, Dora. Zuerst muss noch etwas kommen, sieh mal."

Drei gewichtige Männer, von denen jeder ein Horn dabeihat, schreiten in die Mitte des Hofes. Dort stellen sie sich auf und nach kurzem Blickkontakt fangen sie an, ihre Instrumente zu blasen. Langgezogene, alles durchdringende Töne erschallen. Es ist schaurig schön. Wir alle, die wir hier sind, wiegen uns in der bedeutungsvollen Atmosphäre, die durch diese Musik entstanden ist. Wieder ist es so ein Erlebnis außerhalb von Raum und Zeit.

Eigentlich hatte ich angenommen, dass das Abschiedszeremoniell nun beendet ist, doch falsch gedacht, einer der drei Musikanten hebt eine Fanfare hoch und bläst eine Melodie. Ich bin begeistert darüber und blicke verstohlen zu Jesus. Der zwinkert mir zu, lächelt verschmitzt und obwohl man wegen der Lautstärke kein Wort verstehen kann, weiß ich genau was er sagt.

„Für dich, meine Kleine, das ist extra für dich."

Dann streife ich meine Kleidung zurecht, durchschreite das Tor und verlasse unter lauten Jubelrufen und Abschiedsworten diesen besonderen, wunderbaren Ort, an dem mein Herz so erneuert wurde.

Manchmal entwickeln sich Dinge anders als gedacht

„Nein, du kneifst jetzt nicht. Das machst du nicht. Wir werden hier rein gehen. Alle drei."

Charlie und Harry hören gespannt der aufgeregten Stimme von draußen zu. Gleich darauf schiebt Rachel die widerstrebende Mara durch die Türe. Röschen folgt den beiden. Rachels wild entschlossener Gesichtsausdruck verwandelt sich augenblicklich in ein verbindliches Lächeln, als sie Harry wahrnimmt. Sie ist sich nicht sicher, ob ihre lautstarken Überredungskünste drinnen gehört wurden. Er ist schon hier, sehr pünktlich, stellt sie fest. Das gefällt ihr. Wachsam blickt sie sich um, prüft ihn so unauffällig wie möglich und ist befriedigt, dass er seinem Foto ähnelt. Röschen betritt, wie gesagt, als Letzte das Lokal. Ihren Entschluss, sich hübsch zu machen, hat sie in die Tat umgesetzt und das ist ihr sehr gut gelungen. Tatsächlich muss man genau hinschauen, um sie überhaupt zu erkennen. Zu dem sorgfältig ausgewählten Rock trägt sie ein atemberaubendes Oberteil, in dem sie der Welt ihre Konturen zeigt, ihre sehr gut geformten Konturen, wohlgemerkt. Hochsteckfrisur, geschicktes Make-Up und Schmuck schmeicheln ihr und aus dem unscheinbaren Röschen ist eine attraktive junge Dame geworden.

Auf ihrem Gesicht liegt ein befriedigtes Lächeln, denn Rachels Reaktion auf ihr Outfit hat ganz ihren Erwartungen entsprochen. Röschen ist zufrieden und denkt, dass der Nachmittag richtig gut anfängt. Charlie und Harry haben zu tun, diese wunderschöne junge Frau mit Röschen in Verbindung zu bringen. Charlies Fantasie hätte nicht ausgereicht, sich deren Verwandlung in so einen funkelnden Schmetterling vorstellen zu können und Harry weiß nicht, wie ihm geschieht, denn er erkennt das Mädchen vom Tierheim wieder. Mein Gott, schaut sie gut aus, denkt er, aber was macht sie hier? Ausgerechnet sie sollte nichts von seinem Date wissen. Abhauen wäre doch besser gewesen, aber leider kommt diese Option jetzt nicht mehr in Frage. Das hier läuft nicht gut. Es läuft gar nicht gut. Warum ist Mara hier, seine Schwester. Wer ist denn nun hier sein Date, fragt er sich. Oder sind sie zum Kartenspielen gekommen? Das würde ihm aber gerade jetzt auch nicht passen. Nein, die attraktive

Vermittlerin ist pünktlich erschienen. Er erkennt sie. Harrys fieberhafte Überlegungen werden von seiner Schwester unterbrochen. Auch sie fühlt sich unangenehm berührt, denn um diese Uhrzeit hat sie ihren Bruder nicht hier im Café erwartet, sondern gut aufgehoben bei seiner Arbeit gewähnt. Bei dieser höchst privaten Angelegenheit will sie ihn nicht zugegen haben. Bestimmt nicht.

„Harry?"

Dieser versucht gerade zumindest gedanklich, Herr der Lage zu werden. Klar, die Frau mit den langen schwarzen Haaren muss Rachel sein. Dann kann nur entweder Mara oder Röschen als Date in Frage kommen. Mit jeder anderen Frau auf der Welt wäre ihm die Geschichte gleichgültig gewesen, aber nicht mit diesen Beiden. Noch blöder kann es nicht laufen, denkt er verzweifelt, wie in aller Welt rede ich mich da jetzt raus? Oder soll ich doch noch schnell flüchten. Nein, es bleibt nichts übrig, nun muss ich Farbe bekennen. Zu dumm, dass das Mädchen alles hören wird. Es macht die Lage auch keinesfalls besser, dass aus ihr so eine Schönheit geworden ist. Verdammt, es muss sein, ich muss mich erklären, weiß er.

„Ich habe eine Verabredung, hier, in Charlies Café.

256

Und was machst du hier um diese Uhrzeit?"

„Ich, ähm, habe auch eine Verabredung hier."

Rachel ist irritiert ob der Vertrautheit zwischen den Beiden. Sie kennen sich bereits, das ist offensichtlich.

„Mara, dein Date."

„Rachel, darf ich dir meinen Bruder vorstellen?"

„Wie bitte? Das ist dein Bruder? Dicky? Ach, du hast alles mir überlassen. Woher sollte ich das wissen? Oh, nein!"

Mara kichert hysterisch, Rachel zeigt hektische rote Flecken auf ihren Wangen und Röschen verzieht sich eilig in eine Ecke des Lokals. Niemand fühlt sich hier wohl, nur noch Charlie denkt, dass das ein ausgezeichneter Nachmittag ist.

Mara lächelt ihren Bruder an.

„Ich fand meine Idee, dir ein Date aufzuschwatzen so gut, dass ich sie gleich selbst angewendet habe."

Harry grinst ein wenig schief. Wenn es kommt, dann kommt es immer Dicke, denkt er. Das versehentliche Date mit seiner Schwester ist heute nicht das Schlimmste, das passiert ist. Verstohlen beobachtet er Röschen und fragt sich, was in ihrem Kopf vorgeht. Der glückliche

Gesichtsausdruck, den sie beim Eintreten hatte, ist verschwunden. Das tut ihm leid. Ihre versteinerten Züge lassen keine Rückschlüsse auf ihre Gemütsverfassung zu. „Mann, Mann, Mann, hoffentlich redet sie wieder mit mir," bangt er. „Wie waren uns doch schon so nahe. Hoffentlich denkt sie nicht, was ich denken würde, wenn ich in ihrer Situation wäre."

Tatsächlich bemüht sich Röschen, nicht in Tränen auszubrechen. Um alles in der Welt will sie nicht öffentlich weinen. Also ER ist das Date. Für Mara. Warum? Was ist falsch an mir, fragt sie sich. War er im Begriff, in anderen Gewässern zu fischen und hat sich deshalb so rar gemacht? Ich war mir so sicher, dass er sich für mich interessiert. Das war wohl falsch gedacht, denn er datet meine beste Freundin. Das ist richtig übel. Es ist, wie es immer ist, ich gehe leer aus. Für mich bleibt kein Stück vom Kuchen übrig.

Ein bitterer Zug legt sich um ihre Lippen. Steif und unbeweglich verharrt sie in ihrer Ecke und hat nicht den Mut, dieses Treffen einfach zu verlassen. Stattdessen vergräbt sie sich weiter in ihrer traurigen Gedankenwelt. „Ich habe es früh gelernt und es war richtig," denkt sie. „Sorge für dich selbst, weil es niemand geben wird, der das für dich macht. Hart, aber wahr, wie man sieht."

Mittlerweile hat sich zu der illustren Gesellschaft Walter dazugesellt. Weil er so gut wie jeden Nachmittag im Café auftaucht, gibt es für ihn keinen Grund, es heute nicht zu tun. Von den vielen herumstehenden Leuten überrascht, rettet er sich schnell an den Tisch in der Ecke, an dem Röschen schon sitzt. Verdammt hübsches Mädchen denkt er, aber mindestens genauso verdammt unglücklich. Ah, ich kenne sie, sie gehört zu den zwei anderen Frauen, den Kartenspielerinnen. Wow, was für eine Verwandlung.

„Schlechte Vibrationen heute, ungeheuer schlecht," murmelt er und schaut zu Charlie, die er seit dem denkwürdigen Tag, an dem Dora im Lokal war, als seine Verbündete sieht. Nachdem sie aber relativ entspannt auf ihn wirkt, man könnte es auch als belustigt interpretieren, beschließt er zu bleiben und zieht seine Jacke aus. Achtlos wirft er sie auf den Nebenstuhl, nimmt sie doch noch einmal hoch, denn er will seinen Stern aus der Jackentasche holen. Ohne Stern geht er nicht mehr aus dem Haus, den hat er immer mit dabei.

Die Spannung im Raum findet er anstrengend. Um ihr zu entkommen, steht er noch einmal auf und holt die

Gitarre aus ihrer Halterung. Behutsam legt er seinen Stern auf den Tisch, schlägt ein paar Akkorde an und vertieft sich in sein Gitarrenspiel. Es wird ein kleines Liedchen daraus und seine bewährte Methode, sich stressige Situationen vom Leib zu halten, hat wieder einmal funktioniert.

Die melodischen Harmonien, die Walter anschlägt, beruhigen Harrys angespannt Nerven. Er ist froh über die Anwesenheit seines Freundes. Versöhnlich legt er seiner Schwester den Arm um ihre Schulter.

Noch sitzt Walter mit geschlossenen Augen und genießt die innere Ruhe, die sich durch sein Spiel eingestellt hat. So gewappnet, klinkt er sich wieder ins allgemeine Geschehen ein und hofft, dass die Leute sich vertragen. Er stellt das Instrument zur Seite und will seinen Stern wieder zu sich nehmen, bemerkt aber entsetzt, dass der nicht mehr vorhanden ist.

„Ich habe ihn doch direkt vor mich hingelegt," murmelt er und tastet hastig seine Jackentaschen ab. Verwirrt schaut er unter dem Tisch nach ihm, dort liegt er aber nicht. Es hilft nichts, der Stern ist weg und Walter stößt einen empörten Schrei aus.

„Mein Stern ist weg. Er ist weg. Gerade war er noch da.

Direkt hier. Vor mir. Auf dem Tisch!"

Harry, Mara und Rachel unterbrechen ihre aufgeregte Unterhaltung mit Fragezeichen im Gesicht. Charlie war zwar begeistert bei der Sache, hatte aber dennoch ihr Café nicht aus den Augen verloren. So ist ihr nicht entgangen, wie dieses neue, hübsche Röschen ihn mit flinken Fingern entwendet hat. Stille Wasser sind tief, aber manchmal auch trübe, denkt sie. Nun ist sie nicht die Person, die mit ausgestrecktem Zeigefinger anklagt. Das passt nicht zu ihrem weiten Herz und großzügigem Denken, trotzdem, das geht auch ihr zu weit. Entschlossen geht sie auf Röschen zu und fragt sie vorsichtig:

„Weißt du vielleicht, wo er abgeblieben ist. Hast du etwas gesehen. Du sitzt am gleichen Tisch?"

Röschen zeigt sich unbeteiligt.

„Nein, warum sollte ich?"

Charlie will ihr die Chance geben, den Diebstahl zuzugeben.

„Denk mal nach, möglicherweise weißt du doch etwas."

Röschens Mund wird schmal. Ja, sie hat es getan. Sie hat den Stern vor den Augen aller anderer genommen. Wie leicht es ging. Ob Walter traurig oder nicht traurig ist, kümmert sie im Moment nicht. Überwältigt von Verbitterung hat sie eben für sich selbst gesorgt. Genau. Um ihre Tasche zu verbergen, schiebt sie diese beiläufig unter die Knie, leider gelingt das mit dem knappen Outfit nicht besonders gut. Trotzdem erwidert sie trotzig:

„Keine Ahnung. Ich weiß das nicht."

Rachel verfolgt das Gespräch. Es ist ihr auch nicht entgangen, dass Röschen diese unmögliche Tasche aus dem Weg räumen will. Sie schöpft Verdacht. Argwöhnisch schiebt sie ihr Kinn vor, geht langsam auf Röschen zu und verwandelt sich auf dem Weg zu ihr in einen schwarzen, metallenen Panzer mit schmalen, blitzenden Augen und flacher Stirn. Ohne Zweifel, niemand würde jetzt gerne mit ihr streiten. Angriffslustig zischt sie:

„Bei deinem verklemmten Hirn weiß man nie, was drin vorgeht. Zeig sofort den Inhalt deiner Tasche her."

Röschen sackt in sich zusammen und wird bleich vor Schreck. Aus dem Schlamassel kommt sie nicht mehr raus. Gleich wird alles offenbar werden. Rachel, die mittlerweile richtig wütend ist, hat sich auf Tuchfühlung genähert und wird handgreiflich. Dabei fällt leise polternd Walters Stern auf den Boden. Doch damit nicht genug, unter Röschens Knien klirrt Metall. OH Gott. Rachel ist alarmiert.

„Gib sofort das Ding her, sofort."

Röschen reagiert nicht. Bewegt sich nicht. Gibt gar nichts her. Woanders kann das Geschepper aber nicht hergekommen sein, das ist klar. Rabiat und wutentbrannt zerrt Rachel die wohlbehütete Tasche unter Röschens Knien hervor. Da liegt sie nun, mitten im Café. Erschrockene und gebannte Blicke halten sie fest. Jeder kann sie sehen. Und obwohl das eigentlich vorher auch schon so war, weil Röschen sie vor der ganzen Welt herumgetragen hatte, ist sie nun zum ersten Mal wirklich sichtbar.

Rachel wagt es sie zu öffnen und schiebt mit spitzen Fingern den Verschluss zur Seite. All die geklauten Sterne sind drin. Der Moment schockierter Stille währt nur kurz. Die erste betroffene Bemerkung kommt von Mara.

„Röschen, wie konntest du nur?"

Walter hebt rasch seinen Stern auf und verstaut ihn vorsichtshalber in der Innentasche seiner Jacke. Rachel stößt wilde Beschuldigungen und Verwünschungen aus. Harry kann es nicht glauben. Wer ist dieses sanfte Mädchen, dem er erzählt hat, wie dringend er sich einen

Stern wünscht, wie unbedingt er einen solchen braucht. All die Zeit hatte sie sie in ihrem Besitz. Verborgen und ungeteilt. Er zweifelt an seiner Menschenkenntnis, war alles andere zwischen ihr und ihm auch falsch? Sie lügt. Nein, sie verschweigt, was in diesem Fall einer Lüge gleichkommt. So empfindet er es. Erschüttert betrachtet er die zusammengesunkene Person in der Ecke. Sie macht einen erbärmlichen Eindruck und ein bisschen tut sie ihm leid. Weint sie?

Walter denkt, dass es an der Zeit ist, für bessere Stimmung zu sorgen. Ihm persönlich ist nicht nach Ärger und Streit zumute. Das kann er nicht aushalten und damit will er auch nichts zu tun haben. Er greift erneut zur Gitarre und zupft eine Akkordfolge, was den Stresspegel leider nicht zu senken vermag. Die Leute sind zu aufgebracht. Sie wollen sich auch gar nicht beruhigen. Rachel tobt immer noch.

Das verheißungsvolle Erlebnis, das Charlie an diesem Nachmittag zu erleben hoffte, übersteigt ihre Erwartungen bei weitem. Derart eskalierende Dramen mag sie nun doch nicht. Sie kann sich auch vorstellen, dass Rachel sich noch mehr in ihre Wut hineinsteigert und befürchtet, dass diese gleich anfängt, Gegenstände zu werfen. Das hat sie schon in Filmen gesehen und dieses wilde Mädchen scheint das Potential dafür zu besitzen. Sie versucht, die Lage zu entschärfen. Manchmal hilft es, wenn man zum Alltag übergeht. So fragt sie Walter, was er heute bestellen will. Von dem bekommt sie keine Antwort, weil er seine Augen geschlossen hält und nicht bemerkt hat, dass er angesprochen wird. Bei ihren anderen Gästen versucht sie es gar nicht erst, denn das scheint wenig erfolgversprechend zu sein. Ratlos steht sie mitten in diesem Chaos und weiß auch nicht weiter.

Währenddessen ist Dora im Städtchen unterwegs und nähert sich zügig ihrem Ziel. Eine Tasche hat sie dieses Mal aus bekannten Gründen nicht dabei. Diese Tatsache entbehrt aber jeder Tragik, denn sie weiß, dass sich nun alle Dinge wieder ins richtige Lot fügen werden. Schon von Weitem hört sie empörtes Stimmengewirr aus Charlies Café dringen. Vor der Lokaltüre bleibt sie kurz stehen, atmet noch einmal tief durch, drückt dann die Klinke nach unten und tritt ein. Was dann passiert wird sie selbst berichten.

Ich sehe all die aufgewühlten Menschen, die mit ihren Gefühlen der Enttäuschung, Wut und Betroffenheit beschäftigt sind. Noch haben sie mich nicht bemerkt. Ich werde jetzt einfach dastehen und warten. Ich spüre beruhigende Energie von mir ausgehen. Die Atmosphäre im Raum verändert sich. Sie werden ruhiger. Das ist gut. Rachel stellt das Glas, das sie schon zum Wurf bereithält, wieder zurück. Walter beendet sein Spiel. Das ist auch gut. Jetzt sind alle auf mich aufmerksam geworden und schauen mich fragend an. Ein wenig muss ich innerlich lächeln, weil ich weiß, dass mein Eintreten Charlies Aufmerksamkeit entgangen ist. Das mag sie nicht. Die einzige Person, die nicht Blickkontakt mit mir aufnimmt, ist Röschen. Sie verharrt in ihrer kauernden Position. Es muss ihr sehr schlecht gehen. Ich nähere mich ihr, weil es in diesem Fall um sie geht. Zu ihr bin ich geschickt worden.

Röschen hat die Veränderung sehr wohl gefühlt. Aber sie schaut nicht auf, denn sie im Begriff, in den Wellen ihrer Scham unterzugehen. Die Angst, ihre einzigen Freunde für immer verloren zu haben, ist groß. Sicherlich, das werden sie nicht verzeihen. Zu sehr hat sie sie hintergangen. Der Gedanke, Mara könnte sich von ihr abwenden, ist ihr unerträglich. Und als ob das nicht genug wäre, es gibt eine Steigerung. Harry ist hier. Er ist

266

hier, hat alles gesehen und gehört. Er hat begriffen, wie schlecht und gemein ich mich verhalten habe, denkt sie. Die ganze Zeit über, in der er von den heiß ersehnten Sternen gesprochen hatte, habe ich ihn getäuscht. Ich bin die Diebin. Oh Gott, ja das bin ich.

Dass er das „Date" von Mara ist, trifft sie hart. Was für ein Durcheinander, er ist ihr Bruder!

Obwohl die Freundschaft mit Mara in jungen Jahren begann, hat sie keine Erinnerung an ihn. Die Kindertage sind so lange her und selbst damals gab er keine Begegnungen mit „Dicky". Aber nun, ja nun ist er hier. Dicky ist Harry. Hier in Charlies Café steht er, und wollte nicht sie, sondern eine andere Frau daten. Dass er dabei auf seine eigene Schwester gestoßen ist, findet sie wahrscheinlich erst später lustig. Sehr viel später. Alles, alles ist kaputt, denkt sie, einfach alles.

Das Ende oder ein neuer Anfang?

Für so einen introvertierten Menschen wie Röschen, muss es der Supergau sein, so gnadenlos auf dem Präsentierteller zu stehen. Sechs Augenpaare, einschließlich meiner, sind auf sie gerichtet. Aus ihrer Körperhaltung schließe ich, dass sie nicht angesprochen werden will, denn sie sitzt zusammengekauert und in sich versunken auf ihrem Stuhl.

Ja sicher, sie hat es getan. Sie hat die Sterne genommen. Nein, das ist nicht sehr nett. Angesichts ihrer Kenntnis der Bedürftigkeit nahestehender Personen hätte sie sich anders besinnen können. Harry und Mara hatten ihren Wunsch nach einem Himmelsgeschenk klar ausgedrückt. Keine Frage, es wäre sehr viel sympathischer gewesen, wenn sie die Tasche auf einer Parkbank abgestellt oder sie im Fundbüro abgegeben hätte. Anonym versteht sich. Irgendwie hätte sie zumindest versuchen können, die Sache wieder in Ordnung zu bringen. Nun, sie hat es nicht getan. Gerade im Moment schweigen die geprellten Freunde. So ziemlich jeder von ihnen hält einen Stein, klein oder groß, in der Hand, bereit zu werfen. Bereit zu richten.

Verdient sie Mitleid? Das weiß ich auch nicht, Mitleid ist meiner Meinung nach sowieso nicht genug. Was sie auf jeden Fall verdient, ist Wahrheit. Das ist tausendmal besser und macht sie komplett unabhängig von wohlmeinenden Personen. Ihr die zu zeigen, ist genau meine Absicht und auch mein Auftrag.

„Hallo Röschen, wie geht's?"

Niemand sagt etwas. Ich spüre ungläubiges Erstaunen angesichts meiner kindlichen Konversation. Eigentlich finde ich das lustig, lache aber nicht, weil die Betroffenheit der Leute so spürbar ist.

„Ich bin Dora, die Frau ohne Sterne."

Röschen hebt jetzt ihren Kopf und schaut mir zaghaft ins Gesicht. Das finde ich mutig von ihr. Ich hätte es auch für möglich gehalten, dass sie gar nicht mehr reagiert. So ist es gut. Um das zarte Band der Kontaktaufnahme nicht abreißen zu lassen, lege ich nach.

„Die waren nicht alle für dich gedacht."

Röschen scheint zu warten, ob noch etwas kommt. Jedenfalls sieht sie mir jetzt in die Augen. Ich erkläre ihr die Sachlage.

„Einer schon, ein Stern gehört dir. Den hätte ich dir aber sehr gerne persönlich gegeben, weißt du."

Röschen schaut in Doras Augen und wird an den weiten Nachthimmel, den sie so gerne beobachtet, erinnert. Sie sieht keinen Vorwurf, keine Anklage und Verurteilung in ihnen. Das macht sie ein Stück neugieriger. Damals, als sie Dora auf der Parkbank schlafend vorfand, hatte sie sich schnell die unbeaufsichtigte Tasche geschnappt und in ihren Besitz gebracht. Sie hegte nicht eine Sekunde Zweifel daran,

es mit dem „Sternenkind" und ihrer begehrenswerten Fracht zu tun zu haben. Ich habe den Diebstahl bereut und nicht bereut, denkt sie sich. Anfangen konnte ich mit meiner Beute leider rein gar nichts, davon loskommen aber auch nicht mehr. Versteck spielen ist für mich nichts Neues. Dieses Mal hat es keinen Spaß gemacht, denn der Wunsch meiner Freunde ist mir nahegegangen.

Ich weiß nicht, warum ich es getan habe. Manchmal nehme ich Dinge, die mir nicht gehören, weil ich sie brauche oder aus anderen Gründen. Früher hatte ich gelegentlich meine perfekten Geschwister beklaut, nur um sie zu ärgern oder ihnen Schwierigkeiten mit den Eltern zu bereiten. Das war ein kleiner Akt der Rache, weil sie im Gegensatz zu mir die Eltern mit Leichtigkeit zufriedenstellen konnten. Dadurch war es noch schwieriger, auch einmal deren Lob und Anerkennung zu ergattern.

Jetzt wäre ich froh, ich hätte die Sterne dort gelassen, wo sie waren. Welcher davon meiner ist, ob überhaupt einer für mich dabei ist, habe ich die ganze Zeit nicht ausmachen können. Woher soll ich wissen, ob Personen wie ich eine bin, auch Geschenke bekommen. Nein, es war nicht schön. Keine Sekunde lang hat es mich glücklich gemacht, diese Sterne zu besitzen, resümiert Röschen. Was für ein Chaos ist dabei herausgekommen. Das wollte ich nicht. Im Prinzip habe ich gemacht, was ich immer mache, nämlich für mich selbst gesorgt. Zum Tatzeitpunkt wusste ich doch nicht, dass ich damit meine beste Freundin und auch Harry schädigen würde.

Dieses Röschen scheint gerade in Gedanken wegzufliegen, ich bin aber noch nicht fertig und sie soll die Wahrheit kennen. Deswegen räuspere ich mich und versuche weiter zu ihr durchzudringen.

„Dein Stern sollte eine Botschaft für dich sein. Von dem, der dich sieht und wertschätzt. Er liebt dich. Immer. Du musst nicht anders sein, als du bist, damit er das tut.

Er liebt dich um deinetwillen. Hast du das verstanden?"

Ich empfinde diesen Moment als einen Schatz der Ewigkeit, denn in die erstarrten Gesichtszüge des angeprangerten Röschens kommt Bewegung. Ein zaghaftes, kleines Lächeln stiehlt sich dort hinein. Wie schön ist das? Es ist bezaubernd, so sehr, dass ich gar nicht mehr wegsehen kann. Ich glaube, mir läuft eine Träne über meine Wange, weil ich so bewegt und erleichtert bin. Ich lächle zurück. Jetzt gibt es nur noch sie und mich und aus meinem Lächeln wird ein leises Kichern. Vielleicht vergisst sie gerade zum ersten Mal in ihrem Leben, über die Meinung anderer Leute nachzudenken, jedenfalls stimmt sie in mein Gekicher ein. Es ist unbedingt lustig. Wir lachen nun beide, immer mehr und immer weiter, laut und schallend. Ach, fühlt sich das gut an, einfach nur gut. Zugegebenermaßen, das könnte auf die anderen Anwesenden befremdlich wirken. Möglicherweise. Mit einem kurzen Seitenblick erfasse ich die Situation. Aber ja, Mara und Charlie sind drauf und dran, in die Heiterkeit einzustimmen. Rachel und Harry staunen noch über diese Entwicklung und beobachten uns. Walter lacht auch nicht, aber er schmunzelt. Na, das ist doch was.

Ich verstehe, dass das Ganze ein bisschen irre wirkt. Zu erwarten wären doch ernste, mahnende Worte gewesen. Ich persönlich bin hoch erfreut über unser fröhliches Beisammensein. Strenge Maßregelungen und fehlende Freude kennt Röschen zur Genüge. Hat es ihr geholfen? Lachen macht Hoffnung. Lachen befreit. Das hilft ihr zu verstehen, dass es einen liebenden, verzeihenden Jesus gibt. Sicher heißt er nicht gut, was sie getan hat, aber er liebt sie. Das tut er. Seine Liebe für sie ist nicht verhandelbar. Mein Blick fällt jetzt auf die geöffnete Tasche, auf die glanzlosen, matten Himmelssterne. Mit sicherem Griff greife ich einen, der weiter unten liegt und ziehe ihn heraus. Er ist nicht schlecht lädiert, finde ich. Noch. Ich lege ihn auf meine flache Hand, schließe meine Augen und warte. Meine Gedanken sind bei dem, der mich geschickt hat, ihr diesen herrlichen Stern zu geben und mit seinem ganzen Herzen den Tag herbeisehnt, an dem sie seine Liebe erkennt. Und wirklich, sein Glanz erholt sich. Nun halte ich ein funkelndes Himmelsgeschenk in meiner Hand und freue mich.

„Schau Röschen, der ist für dich. Immer gewesen. Nur für dich. Willst du ihn?"

Ob sie ihn will? Röschen weiß nicht, wie ihr geschieht, sie ist überwältigt. Was für eine Frage, ganz sicher will sie den Stern, mehr als alles andere. Sie wundert sich auch nicht darüber, dass sie ihn nie gesehen hatte. Doch, klar hat sie nachgeschaut. Das hat ihr aber nicht weitergeholfen. Denn welcher nun, wenn überhaupt, für sie gedacht war, war ihr verborgen. Sowieso lagen die einst verheißungsvollen Schätze einer toten Masse ähnlich in der Tasche. Wenig verlockend, denn von keinem Einzigen ging ein Strahlen aus. Das war wohl richtig so, denkt sie. Noch einmal kichert sie unbeschwert und nimmt das Geschenk andächtig in Empfang.

Die Atmosphäre in Charlies Café hat sich verändert und erinnert mich an den himmlischen Ort, von dem ich gerade herkomme. Ich kann mir vorstellen, dass da gerade jemand ein Horn oder eine Fanfare bläst. Wie ich das liebe.

Wir verharren in dieser friedlichen Stimmung, die man nicht selbst erzeugen kann und beobachten Röschen. Obwohl sie das Ziel aller Aufmerksamkeit ist, scheint es sie nicht zu stören. Ihr Blick ist nun frei und offen und auf ihrem Gesicht liegt der Glanz des Sternes. Es ist so entwaffnend weich und schön. Was sie nun tut, berührt mich sehr. Sie entschuldigt sich.

„Es tut mir leid, mir tut alles so leid. Verzeiht ihr mir?"

Das hat sie gesagt. Ist das nicht sensationell? Ist das nicht ein Wunder?

Noch nie zuvor in ihrem Leben hatte Röschen so unbeschwert gelacht. Noch nie zuvor hatte sie so eine Freude, die sich in alle Körperregionen ergießt, erlebt. Den Himmel habe ich mir immer fröhlich vorgestellt, denkt sie, aber das übertrifft meine Fantasie um Welten. Der Stern in ihrer Hand fühlt sich kühl und gleichzeitig wärmespendend an. Alles was sie sich auf ihren sehnsüchtigen Exkursionen im nächtlichen Himmel erträumt und vorgestellt hat, ist bei Weitem übertroffen. Sie hat Frieden gefunden und ihre Freunde von ganzem Herzen um Verzeihung gebeten. Mehr kann sie im Moment nicht tun. Nun sitzt sie da und wartet auf das, was kommt. Mara legt ihren Stein zur Seite und löst sich aus der Gruppe der Zuschauer. Mit ausgestreckten Armen eilt sie zu Röschen, um sie liebevoll zu drücken.

„Du wilde Hummel, das hätte ich dir nicht zugetraut. Ja, sicher, ich verzeihe dir. Ich habe dich lieb."

Rachel scharrt mit der Fußspitze, runzelt ihre Stirn und quetscht ein „OK, ich verzeihe dir auch" heraus.

Dann grinst sie versöhnlich. Schließlich war sie nie hinter den Sternen her gewesen und nachtragend ist sie sowieso nicht.

Harrys gutmütiges, großes Herz schlägt immer für Schwächere. Aber das hier, erkennt er, hat mit „schwach" nichts zu tun.

War sie auch schwach gewesen, als sie Dora beraubt hatte, in diesem Moment ist sie es nicht. Nicht im Geringsten. Es erfordert Mut, sein Versagen einzugestehen und sich zu entschuldigen und den habe ich bei ihr gesehen. Ich liebe sie, gesteht er sich ein. Ich liebe sie und das war auch schon so, bevor sie so verdammt gut ausgesehen hat. Dieses bescheuerte Date muss ich aufklären, jetzt sofort. Bevor er seinen Entschluss umsetzten kann, kommt ihm Röschen mit folgenden Worten zuvor.

„Harry, bei dir tut es mir noch mehr leid. Du hast dir so sehr einen Stern gewünscht. Verzeihst du mir?"

„Ähm, ja, ja das tu ich. Also dieses Date, Röschen … wirklich … es ist so … das war schwachsinnig. Ich will mich nicht herausreden … "

Während Harry noch nach Worten ringt, übernimmt Mara die Konversation. Dieses Röschen, denkt sie, sie ist immer für Überraschungen gut. Röschen und Harry ... es ist offensichtlich.

„Röschen, ich bin schuld. Er wollte seine Ruhe vor mir haben, deswegen hat er das gemacht."

Harry lächelt verlegen.

„Trotzdem nicht sehr rühmlich von mir, nicht wahr? Ich hätte auch Nein sagen können."

Mara ist sich sicher, dass daten nicht zu ihren bevorzugten Methoden der Kontaktaufnahme gehört. Ein wenig grinst sie hilflos als sie sich entschuldigend an Röschen wendet.

„Ich hatte ein Date mitmeinem Bruder, das muss sich einer mal vorstellen."

Rachel zieht hilflos ihre Schultern nach oben, verdreht die Augen und stöhnt ein bisschen auf.

„Woher sollte ich das wissen. Ach Mara, es sollte doch etwas Gutes für dich sein und nun bist du mit deinem Bruder verabredet. Übrigens, „Dicky" passt nicht zu ihm. Vielleicht ist das Ganze hier ein bisschen amüsant?"

Inzwischen habe ich mir meine alte, vertraute Tasche wieder über meine Schulter gehängt. Ich öffne sie noch einmal und wühle geduldig nach einem Stern. Hier, ich spüre ihn und hole ihn heraus. Er ist von kleinem Format, praktisch genug, um ihn in die Hosentasche zu stecken. Harry wartet eigentlich immer noch auf eine Reaktion von Röschen, bemerkt aber inzwischen meine Suche. Ich bin mir nicht sicher, ob er mir seine Aufmerksamkeit schenken wird, weil die ungeklärte Situation mit Röschen für ihn im Vordergrund steht. Seinen Stern, den heißersehnten, erflehten Stern, halte ich bereit und drücke ihn in seine Hand. Auch wenn ich ihn nicht gefragt habe, ob er ihn will, bin ich mir sicher, dass dieser „Gruß aus dem Himmel" an seinem Ziel angekommen ist. Jedenfalls hält er ihn jetzt fest in seiner Hand. Männer weinen nicht? Ich sehe eine Träne, die er sich schnell wegwischt.

„Das letzte Wort, das mir dazu einfällt, ist „amüsant". Röschen, wirklich, ich hatte mir geschworen, gleich sofort nach diesem unglücklichen Nachmittag die Beziehung mit dir zu klären. Ich bin nur und ausschließlich an dir interessiert. Ich weiß nicht, ob du mich noch willst, ob du mich jemals wolltest, aber ich hoffe es. Sehr."

Harry hat seine Rede beendet, nun schwankt er zwischen Hoffen und Bangen. Wenn sie das Interesse an mir verloren hat, bin ich selbst schuld daran … ich kann sie nicht verlieren, ich werde um sie kämpfen. Er umklammert den Stern in seiner Hand, hält den Atem an und wartet auf eine Antwort. Röschen steht auf und geht langsam auf ihn zu. Die Erleichterung in seinen Gesichtszügen spricht Bände und mit Augen, die noch mehr lächeln als sein Mund, ergreift er ihre Hand. Dann flüstert er ein paar Worte in ihr Ohr, sie lächelt auch und lässt sich von ihm ins Freie ziehen.

Charlie hat sich gewohnheitsmäßig hinter ihren Tresen zurückgezogen. Von dort aus verfolgt sie alles und findet einmal mehr, dass ihr Job einer der Besten ist. Heute ist sie auf ihre Kosten gekommen, denn der Nachmittag hat ihre Erwartungen weit übertroffen. Sie ist sehr zufrieden. Mara und Rachel setzen sich zu Walter an den Tisch und bestellen je ein „Charlie Spezial". So viel Wirbel muss erst mal sacken.

Noch einmal holt Charlie das Holundermarmeladenglas aus dem Kühlschrank. Es ist fast leer, aber für ein letztes Brot reicht die Marmelade noch aus. Bedächtig schneidet sie eine Scheibe vom Brotlaib ab und bestreicht sie mit der goldenen herb-duftenden Masse. Dann kratzt sie mit dem Messer noch den Rest aus dem Glas heraus.

„Zeit, um in meinem Buch nach einer neuen Rezeptur zu suchen. Zeit, darüber nachzudenken, was meine Oma als nächstes gekocht hätte." murmelt sie und beißt genüsslich von der Leckerei ab.

Ich lege mir den Trageriemen meiner unförmigen, sich außerhalb jeglicher modischen Diskussion befindlicher Tasche zurecht und freue mich über ihre Rückkehr. Ich wende mich dem Ausgang zu, schicke ein Augenzwinkern in Richtung Charlie und verlasse diesen erlebnisreichen Ort. Ein kleines Stück bin ich schon gegangen, als ich ein eng umschlungenes Paar sehe. Dass ich sie nun verlasse, entgeht ihrer Aufmerksamkeit völlig. Ach, ist das schön, denke ich und schaue zum Himmel.

Momentan weiß ich nicht, wohin der Weg mich führt, aber ER weiß es und in der Sicherheit dieser Gewissheit setze ich einen Fuß vor den anderen und bin gespannt auf das, was er für mich hat.